KB274908

이름들의 바다

이름들의 바다

윤신우 소설

차례

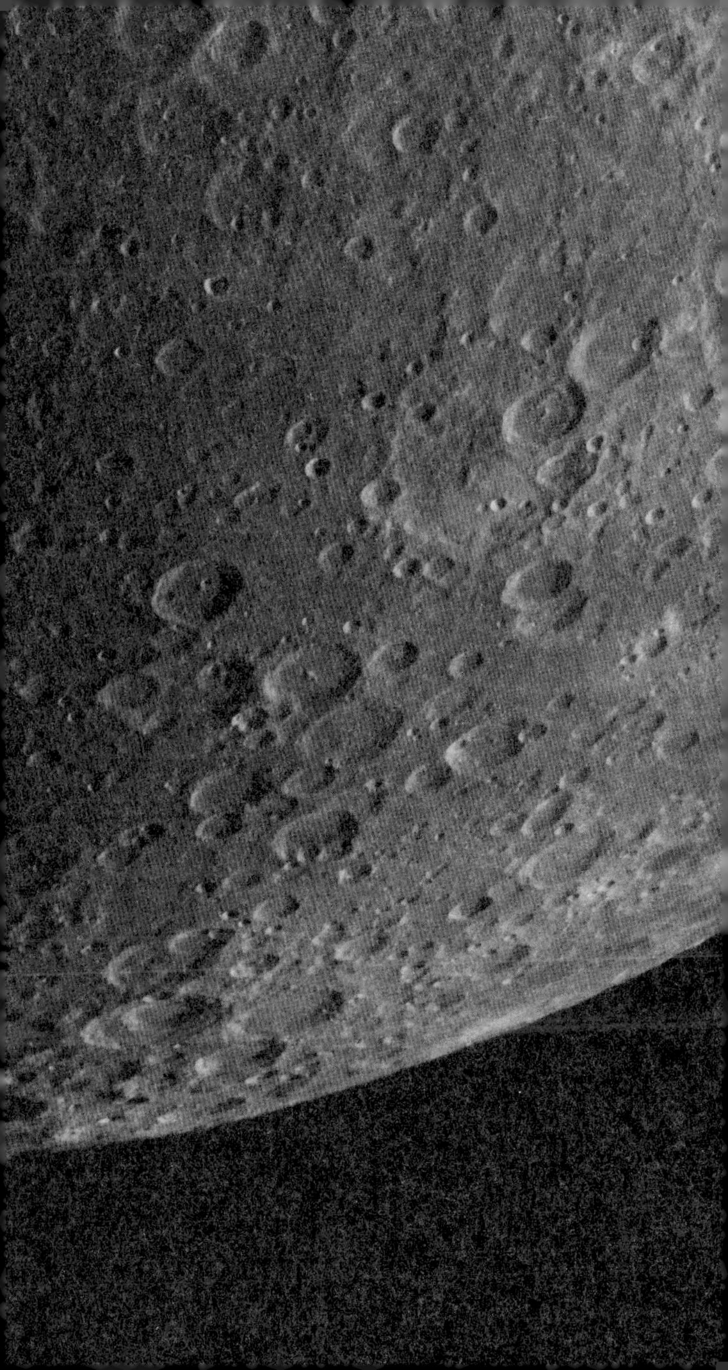

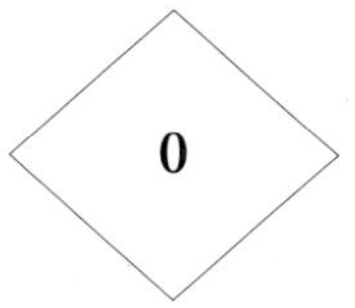

'지긋지긋해.'

P는 먼지 냄새에 절여진 지하철역 특유의 매캐한 분위기를 좋아하지 않았다. 누구라도 그럴 테지만 P는 특히. 가장 싫은 상황은 빽빽한 칸 안에 껴 있을 때도, 사람들 속에서 몸이 휩쓸리거나 발이 밟힐 때도 아니었다. 그건 바로 오지 않는 열차를 멍하니 기다리는 지금 같은 때였다. 어딘가에서 사력을 다해 발을 구르며 달려오고 있을 열차와 달리, 쓸모없는 곰팡이처럼 한없이 멈춰 서 있는 자신을 마주하고 싶지 않은 것이었다. P는 가슴이 답답했다. 거칠게 넘실대는 우울감에 흔

적 없이 익사할 것만 같았다.

회식 후 지하철을 기다리며 고기와 알코올 냄새가 뒤섞인 자신의 역한 숨결을 느끼던 P는 건너편 플랫폼에서 휘청거리고 있는 남성을 물끄러미 바라보았다. 윗머리가 훤히 벗겨진 취기 그득한 남자는 어떻게든 제대로 서 있으려 애쓰는 듯했다. 양손은 흐트러진 정장 바지 주머니에 꽂혀 있었고 셔츠는 배 부분이 구겨져 불룩했다. 이 시간에 흔히 보이는 평범한 취객이었으나 P는 전혀 멀쩡하지 않으면서 멀쩡해 보이려 하는 그에게 왠지 모를 측은함이 들었다. 어딘가로 돌아가야 한다는 것, 돌아갈 곳이 정해져 있다는 것은 어쩐지 안락한 감옥처럼 느껴졌다. P는 언제부터 그런 느낌을 받았는지 곰곰이 생각했지만 아주 오래전부터인 것 같으면서도 처음인 듯 그저 낯설 따름이었다. P는 스크린 도어에 비친 자신의 모습을 살폈다. 머리카락은 아직 넉넉하고 배에도 제법 탄력이 남아 있다. 그러나 앞으로도 쭉 저 건너편의 대머리 남자 같은 모습이 되지 않으리라는 확신은 들지 않았다.

열차가 들어오고 있다는 안내 방송에 흩어져

있던 사람들이 칸마다 짤막짤막한 줄을 이루었다. 이어 철마의 열린 입으로 무기력한 영혼들이 속속 빨려 들어갔다. P는 운 좋게도 문가에 앉아 작게 한숨을 토했다. 숨에서 풍기는 음식 냄새에 또 한 번 살짝 언짢았지만 금세 무시했다. 갈아타기까지는 30분. 숨 돌리기에는 충분한 시간이다. P는 노트북이 든 묵직한 백팩을 다리 사이에 두며 차가운 금속 봉에 머리를 기댔다. 잠들 생각은 없다. 그저 하루의 막바지에서 짧은 휴식을 취하고 싶을 뿐이다. P는 눈을 감았다.

평화는 오래 가지 않았다. 멀찍이서 들려오는 생뚱맞은 음형에 P는 인상을 쓰며 눈을 떴다. 다름 아닌 개연성이라고는 찾아볼 수 없는 요들송이었다. P는 비스듬히 고개를 빼고 옆 칸에서 유발되고 있는 소음의 원인을 살폈다. 정체는 갓난아기 울음처럼 직관적으로 드러났다. 저사양 스피커에서 나오는 찢어지는 음질의 노랫소리와 함께 웬 남자가 분란하게 호통을 치며 다가오고 있었다. 2호선이다. 이런 유의 별종이 심심찮게 출몰하는 심야의 2호선.

멀리서 봐도 턱수염이 거뭇거뭇한 50대 초반

정도의 남자다. 무릎까지 오는 녹색 치마와 흰 레이스, 그리고 검은 실로 장식된 붉은 상의는 영락없는 북유럽 전통 '소녀' 복장이다. 남자는 낡은 휴대용 스피커를 허리춤에 매고, 흘러나오는 요들에 맞춰 어깨를 들썩이면서 연신 성을 내고 있었다.

"감히 나를 건드려! 나 최병두가 두고두고 갚아 줄 거야!"

남자가 소리쳤다. 곱게 차려입은 의상이나 발랄한 요들과는 영 딴판으로 그는 잔뜩 화가 나 있었다. 이런 일이 익숙한 듯 승객들은 딱히 동요하지 않고 그저 지그시 눈을 감을 뿐이었다. 늦은 퇴근길 2호선이니까. P는 짧은 휴식조차 허락하지 않는 괴상한 남자에게 짜증이 솟구쳤다. 남자를 차갑게 쏘아보던 P는 그와의 거리가 꽤 가까워지자 다시 정면으로 고개를 가져와 팔짱을 꼈다. P는 앞으로 요들송을 들으면 하이디 복장의 이 해괴한 남자가 떠오를 것만 같다고 생각하며 허공에 심란한 한숨을 풀었다.

"어차피 전부 똑같아. 인간은 다 똑같다고!"

결국 두 명이 찡그리며 다른 칸으로 옮겨갔다.

• • • •

그들을 따라 일어날까, 생각하던 P의 시선이 마치 못에 니트 보풀이 걸리듯 맞은편에 앉은 젊은 여자에 덜컥 얹혀 버렸다. 여자의 상태가 어딘지 이상해 보였던 탓이다. 아니, 확연히 이상했다. 여자는 뙤약볕 아래에 몇 시간은 서 있던 사람처럼 얼굴이 벌겋게 익어 있었다. 이마는 땀으로 번들거렸고 옆머리는 방금 씻고 나왔다고 해도 믿을 정도로 축축했다. P는 확실히 이변을 겪고 있는 여자에게서 좀체 눈을 뗄 수 없었다. 그녀는 같은 장소에 있지만 홀로 다른 공간에 놓여 있는 듯했다.

초가을의 지하철 실내는 산산했고 여자는 딱히 몸이 안 좋다거나 술을 마신 것 같지도 않았다. 게다가 여자가 자신의 흰 셔츠 소매를 팔꿈치까지 걸어 올린 건 조금 전이었다. 여자는 겨우 몇 분 새 갑작스럽게, 혼자서 난데없이 마치 한여름 같은 무더위를 느끼고 있었다. 희귀 질환 같은 걸까. 얼마간 여자를 살피던 P는 문득 그녀가 아까부터 계속 한 지점을 일그러진 얼굴로 바라보고 있다는 사실을 눈치챘다. 겁을 먹은 것 같기도, 두려운 것 같기도 한 그녀의 눈빛은 다만 흔들림 하나 없이 목표물에 고정되어 있었다. 요들을 배경으로 고함을 지르고 있는 하이디 남자에게. 마치 그녀의 '열기'가 저 기묘한 남자로부터 기인한 것이기라도 하다는 듯이 말이다.

"저리 가세요, 좀."

불쑥 튀어나온 짜증 섞인 목소리에 P는 움찔하며 눈을 돌렸다. 반격의 주인공은 대각선 위치에 앉은 호락호락해 보이지 않는 중년 여성이었다.

"이 여자가 미쳤나! 이거 멍청이 중에서도 상멍청이로구먼!" 하이디 남자는 멈칫하더니 목소리를 높였다.

"가시라고요, 신고하기 전에!" 여성 승객도 덩달아 소리를 키웠다. 시선이 집중됐다.

"나 최병두는 분명히 기회를 줬어! 이 바보 같은 것들이, 아무것도 모르는 것들이 말이야."

눈에 띄게 말끝을 흐린 남자는 슬그머니 다시 걸음을 이었다. 요들송도 덩달아 점점 멀어져 갔다. P는 대신 화를 내 준 여성에게 고마움을 느끼며 다시 정면의 젊은 여자를 쳐다봤다. 낚싯바늘처럼 하이디 남자에게 박혀 있던 그녀의 시선은 옆 칸으로 넘어가는 남자의 뒷모습에 여전히 단단하게 연결되어 있었다. 자신이나 하이디 남자에게 호통을 치던 중년 여성, 불쾌함을 느끼던 다른 어떤 승객의 그것과도 다른 눈빛이었다. P는 실로 명확한 근거와 명분이 담긴 그녀의 눈빛이 무척 의아했다.

요들은 서서히 몸집을 줄였고 어쩐지 그에 비례해 여자의 '열기'도 소강되어 갔다. 붉게 달아올랐던 여자의 얼굴은 신기하게도 남자의 퇴장에 따라 평온을 되찾았다. 정말 그 괴상한 남자가 여자에게 뭔가 영향을 끼친 건 아닐까 하는 의심이 들 정도였다. 여자는 걷어붙인 셔츠 소매를 주섬주섬 내리고 땀에 갈라진 머리카락을 천천히 매만져 정리했다. 그제야 P는 작게 헛기침을 하고 눈을 돌렸다. 여러모로 피곤한 날이라고 생각하며.

현란한 요들의 잔상이 귓가에 남아 메아리쳤다. P는 맞은편에 붙은 광고를 바라봤다. '마지막 희망', '꿈의 실현' 같은 부푼 표현과 함께 1억 원 대로 분당에 19평형 아파트를 장만할 수 있다는 설명이 그럴듯하게 적혀 있었다. 희망, 꿈, 실현. P는 단어를 하나씩 끊어 읽으며 생각에 잠겼다. 최병두라는 저 남자는 어쩌다 저렇게 된 걸까. 왜 화를 내는 걸까. 그에게도 희망이나 꿈 같은 게 있을까. 그러다 이내 그것들은 자신 쪽에도 부재한 지 오래라는 것을 깨닫자 P는 씁쓸한 웃음을 머금었다.

'다음 역은 왕십리, 성동구청 역입니다. 내리실 문은……'

P는 내려야 할 역 이름이 들리자 화들짝 모니터로 고개를 돌렸다. 꽤 즐거웠던 짧은 몽상이 오래된 곰팡이처럼 바스러졌다. 속으로 연신 지긋지긋해, 하고 웅얼거리며 P는 자리에서 일어섰다. 정해진 레일, 정해진 노선, 정해진 이번 역과 다음 역. 열차는 그제도 어제도 이렇게 같은 자리를 뱅뱅 돌았을 것이고, 내일도 모레도 그리할 것이다.

P는 지하에 갇혀 사는 이 단조로운 금속 생물의 곳곳을 예측할 수 없는 존재들이 활보하고 있다는 사실에 갑자기 묘한 기분이 들었다. 아마도 부러움이었다. 순간 P는 앞에 있던 젊은 여자가 지녔던 것 같은 '열기'가 자신에게도 들어있을지 알고 싶었다. 왠지 그의 안 어디에도 열기는커녕 온기조차 존재하지 않을 것처럼 느껴졌다.

내리기 전 P는 실컷 땀을 흘렸던 건너편 젊은

여자를 흘긋 바라봤다. 여자도 어느 틈에 물끄러미 P를 응시하고 있었다. 아까 하이디 남자를 봤을 때와는 달리 아무런 감정도 담겨 있지 않은 눈빛이었지만 둘 사이에 무언가 식은 바람이 훅 스쳐 간 것도 같았다. P는 흠칫 놀라 서둘러 얼굴을 앞으로 가져왔다. 여자가 혹시 자신에게서도 어떤 '온도'를 느꼈을까, 아주 잠깐, 그러나 어느 때보다도 진지하게 궁금해하면서.

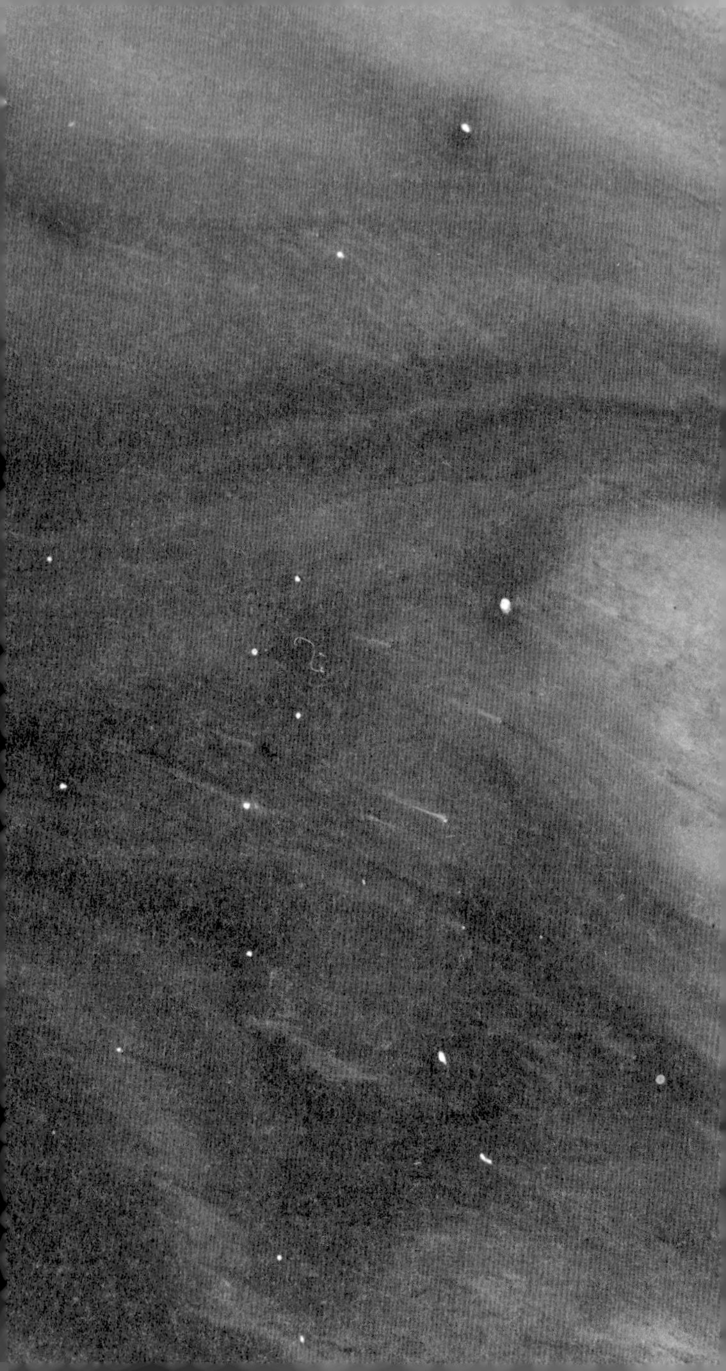

"이름에도 온도가 있는 것 같지 않아?"

발밑에서 일정한 간격으로 부서지는 낙엽 소리에 멍하니 침잠해 있다가 이균의 질문에 순간 귀를 의심했다. 나아가던 걸음은 순식간에 동력을 잃었다. 나는 고개를 홱 돌리고 절로 커진 눈을 그에게 고정했다.

"뭐?"

"나 가을 타나 봐." 나를 따라 걸음을 세운 이균이 멋쩍게 웃으며 시선을 맞췄다.

"방금 네 이름을 몇 번 되뇌어 봤는데 그런 느낌이 들었어. 뭔가 살아 있는 생명체 같달까. 살아 있는 건 온기가 있잖아. 뭐, 다는 아니지만. 너무 오글거리나."

나는 이균의 말에 들키지 않을 만큼 엷은 한숨을 토해내고서 한순간 적잖이 당황했던 스스로의 모습에 쌉싸래한 미소를 지었다.

그래, 그럴 리가 없지. 그럴 리가 없다.

"오, 시인이세요? 그럼 내 이름 온도는 어떤 것 같은데?"

"네 이름은 뭔가 딱 지금 정도야. 바람은 선선한데 햇볕 때문에 따뜻한 게 조금 섞였어."

종종 말랑말랑해지는 그의 여린 감성을 나는 퍽 좋아했다.

"뭐야. 그럼 미적지근한 거 아니야?"

"그렇지. 이도 저도 아니다, 그런 말이지."

깔깔거리며 낙엽을 뿌리고 도망가는 이균의 등판을 때리고 덩달아 웃음을 터뜨렸다. 서로에게 번진 고작 두 겹의 웃음소리가 한동안 한적한 가을 하늘을 빈틈없이 메웠다. 나는 채도 낮은 가로수길과 썩 어울리는 이균의 뒷모습을 얼마간 바라봤다. '이름의 온도'에 대한 이균의 물음에 등골을 훑고 내려갔던 찰나의 소름은 낙엽 더미 아래로 자취를 감췄다.

이균은 모를 것이다. 알 턱이 없다. 이름이라는 것에 대해, 그것이 지닌 것에 대해.

'온도'라는 것에 대해.

그건 이름을 지닌 이의 무언가가 일으키는 일종의 감응 또는 공명이다. 정체나 원리는 모르지만 달리 떠오르는 수식어도 없어 그냥 '온도'라고 칭하기로 했다. 어차피 남에게 설명할 일도 없으니 뭐가 됐든 상관없을 터다. 그러고 보니 그것에게 나도 이름을 붙여준 셈이네, 하는 부질없는 승리감이 차올랐다.

어떤 이름은 치명적이다. 두 글자든 세 글자든, 심지어 다섯 글자여도 상관없다. 길이가 중요한 게 아니다. 내가 '치명적인' 이름을 처음 맞닥뜨린 건 초등학교 5학년 무렵이었다고 생각한다. 이제 와서 그때 내가 마주한 게 무엇이었는지를 짐작할 뿐 그때는 이유를 알지 못했던 탓이다. 그만큼 강렬했고 두려웠으며, 실로 치명적이었다. 덜 영근 아이가 감당하기에 그보다 더 버거울 수는 없을 만큼.

외할아버지의 장례식이었다. 처음 겪은 가까운 이의 죽음이었고 그런 죽음을 애도하는 자리 역시 처음이었다. 목적지를 모르는 어린 슬픔이 서툴게 길을 헤맸다. 부모님과 일가친척 모두 상복만큼이나 짙은 상실에 젖어 있었다. 그리고 낯선 분위기의 어른들 틈에서 눈물을 훔치며 조용히 섞여 있던 어느 때, 내 눈에 한 남자가 들어왔다.

장례지도사는 어느 모로 봐도 생전 가볼 일 없을 낯선 나라에서 온 듯한 기괴한 느낌의 남자였다. 옆으로 길게 찢어진 눈은 힘껏 치켜뜬 것조차 심히 얄팍했고 코는 기이한 곡선을 그리며 휘어 있었다. 그는 내가 할아버지의 죽음에 온전히 집중하기 힘들 정도로 기이한 —그의 코만큼이나— 인간이었다. 할아버지의 장례식장에서 일하는 남자에게 이 정도의 호기심을 느끼는 게 가당키나 한가, 하는 일말의 죄책감조차 비집고 들어올 틈은 없었다.

그는 다른 종으로 느껴질 만큼 키가 컸는데, 건장한 체구에 비해 머리는 유난히 작아 꼭 웅대한 산 정상에 놓인 바위 같았다. 누군가 건네는 보통의 잡담에도 어쩔 줄 몰라 하며 머쓱하게 뒷머리를 만지는 모습은 체구에 어울리지 않게 조심스러웠다. 거대한 몸집을 지닌 자의 익은 습관인지, 대화할 때면 자신의 두 손을 맞잡고 몸을 구부정하게 숙인 다음 한껏 미소를 머금었다. 그는 원하지 않았겠지만 그의 생김새와 태도, 아마도 하고 있을 생각을 포함해 그가 지닌 온갖 게 내 호기심을 잡아끌었다. 다름 아닌 우리 할아버지의 눅눅한 장례식에서.

불그죽죽한 눈가의 물기는 어느덧 말라붙었다. 풀숲에 숨어 적의 동태를 살피는 초식 동물처럼 나는 한동안 그를 샅샅이 관찰했다. 가슴팍에는 반드러운 명찰이 달려 있었다. 시력이 나쁜 편은 아니었지만 거리가 너무 멀어 이름이 석 자라는 것만 알 수 있었다. 몇 발짝 가까이 와야 보일 터였다. 머릿속에는 온통 그의 이름을 알고 싶다는 생각뿐이었다. 눈을 비비고 잡동사니를 정리하고 있는 그에게 계속 시선을 고정했다. 남자에게 어울릴 이름 몇 가지를 떠올리며 명찰을 자세히 보려고 한껏 눈을 찌푸렸다.

이윽고 남자가 몸을 움직였다. 두 손을 가지런히 앞으로 모은 거대한 바위가 천천히 걸음을 옮기는 동안 내 시선은 조문객 틈바구니를 가로질러 오직 그의 명찰에 일직선으로 꽂혔다. 거리는 점점 좁혀졌다. 보일 것 같다, 곧. 나는 그가 가까워질수록 미간의 주름을 펴려고 애쓰면서도 고정한 초점만은 흩트리지 않았다. 비교적 윤곽이 구분되는 첫 글자는 '안'보다는 복잡해 보였다. 한 씨 또는 반 씨인 듯하나 확률상 전자일 것이다. 이내 현상액에 잠긴 사진이 서서히 선명해지는 것처럼 석 자 모두 점차 정체를 드러냈다.

한, 성, 태.

마침내 시원한 해소감을 느끼며 고개를 돌리려던 찰나, 참을 수 없는 한기가 순식간에 얇은 목을 가쁘게 옥죄었다. 뭍으로 떨궈진 생선의 숨구멍이 막히듯 억 소리 한 번 못 낸 채 온몸이 얼어붙었다. 목구멍에서 뇌를 수직으로 찌르는 송곳 같은 추위에 정신이 아릿해졌다. 눈물이 고였다. 홑껍데기 하나 걸치지 않은 맨살이 빙하 위에서 대패질 당하는 듯한 혹독한 추위였다. 그렇다. 그건 대체할 표현 따위 없는 적확하고도 적실한 추위였다. 수은주도 닿지 못할 저 밑바닥의 극한.

물리적인 고통과는 달랐다. 내 몸 어딘가가 잘

못됐다거나 심각한 손상이 생겼다는 인식도 없었다. 그건 실로 '감촉'이었다. 그리고 그 이종의 감각에 대한 출처는 재고의 여지 없이 분명했다. 당최 무슨 일이 벌어진 건지는 모르겠으나 눈앞에서 있는 육중한 남자 외에 다른 가능성은 있을 수 없었다. 내 반경 안에 들어선 그는 나를 언 사슬로 묶고 좁은 관에 처넣은 채 차디찬 심해로 박탈시킨 것이다.

"이것 좀 여기 잠깐 둘게. 어, 너 혹시 어디 아프니?"

말을 붙인 바위 같은 남자의 가는 눈이 서툰 걱정을 담아 한층 더 얇아졌다. 내 옆쪽 탁상에 천 뭉치를 올려 둔 그는 돌아서다 말고 찬찬히 나의 안색을 살폈다. 혼란스러웠다. 목적도 방법도 알 수 없었다. 그의 모든 땀구멍에서 냉기가 벌컥벌컥 쏟아지는 것만 같은데 남자는 너무도 자연스럽게 개의치 않는 척했다. 아니, 아니다. 실제로 조금도 개의치 않고 있었다. 그는 정말 모르는 것이었다.

그가 몇 걸음 더 다가오자 살갗을 저미는 추위 역시 한층 극렬해졌다. 겁에 질린 나는 간신히 고개만 저었다. 이 사람은 뭘까, 대체 어떻게 된 걸까, 나는 이대로 죽어버리는 걸까. 벗어나고 싶었다. 그래야만 했다. 주위 어른들 누구도 이 상황을 신경 쓰지 않았다. 모조리 무감했다. 마치 그와 나만이 동떨어진 공간에 놓여 있는 것처럼 그에게서 뿜어져 나오는 피부를 에는 혹한은 오직 내게만 일방통행으로 덮쳐들고 있었다. 나는 어색하게 그의 눈을 피하며 가까스로 일어나 화장실로 달려갔다. 얼기라도 한 듯 다리의 감각이 마비돼 기계적으로 양다리를 번갈아 가며 휘젓는 엉성한 꼴이었다. 뒤에서 그의 시선이 느껴졌지만 그저 드러내서는 안 된다는, 들켜서는 안 된다는 생각이 들었다.

그와 멀어질수록 주위는 정상 온도로 대체되어 갔다. 역시 범인은 그였다. 그는 다른 이들에게는 일절 발톱을 드러내지 않는 오직 나만의 천적인 셈이었다. 화장실 안쪽 가장 깊숙한 칸막이 안에 들어가 푸들거리는 손으로 재빨리 문을 잠그고 변기 위에 웅크려 앉았다. 고개를 파묻고 잔뜩 소름이 돋아 있는 팔을 마구 문지르자 까슬까슬한 손바닥에 열이 올랐다. 피가 돈다. 몸 안의 적

혈구가 수세에 몰린 병사들을 구하러 온 지원군 처럼 정신없이 온기를 퍼 나른다. 그제야 입술 사이로 깊은 숨이 터져 나왔다. 살았다, 하는 안도의 숨이었다.

　제 온도를 찾고 나서도 심장은 갈비뼈를 뚫고 나올 것처럼 요동쳤다. 남자가 나를 쫓아오기라도 할까 봐 청각은 날렵하게 곤두섰고 밖에 있는 누구도 나를 구원해 줄 수 없다는 공포에 폐부가 짓눌렸다. 그렇게 한참을 몸을 숨긴 채 급한 호흡을 몰아쉬었다. 폭설이 쏟아지는 겨울 산에서 길을 잃은 어린 짐승처럼. 추위는 가셨지만 어린 것의 영문 모르는 떨림은 가라앉는 법을 몰랐다.

런던 피커딜리 끄트머리에 있는 프렌치 레스토랑이다. 이곳에 온 건 두 번째다. 처음은 대학 시절 친구와 함께 한 여행에서였다. 오래 전이다. 오래된 기억이다. 이곳 역시 온갖 이들의 갖가지 낡은 추억이 오래도록 깃들어 있을 터다.

중세 유럽의 고풍스러운 극장을 연상시키는 널찍한 홀은 여전히 한산하다. 그때나 지금이나 좀체 가득 차는 법이 없을 것 같다. 사방에서 옅은 와인 내음이 풍겨 나오는 듯 천장도 바닥도 모조리 검붉은 빛깔이다. 암적색 벽돌 벽 곳곳에는 물고기 음각이 새겨져 있다. 나는 바다가 원래 붉은색이었던가, 하고 읊조렸지만 답은 떠오르지 않는다. 포도주 바다에서 헤엄치는 물고기라니. 입가가 구붓하게 휘어졌다.

내 자리는 무대에서 가장 가까운 테이블이다. 무대는 트리오가 나란히 서 있는 정도만으로도 꽉 찰 만큼 좁았지만 그건 그들의 퍼포먼스에 아무런 제약도 되지 않았다. 충분하다는 건 그런 것이었다. 보컬과 콘트라베이스, 기타로 구성된 블루스 트리오다. 이따금 보컬이 리듬을 넘기고 콘트라베이스가 줄을 흘려도 공연은 완벽했다. 완벽하다는 것 또한 바로 그런 것이었다. 묵중한 콘트라베이스 선체 위에 기타가 방향키를 잡고 재치 넘치는 선장이 지휘하는 근사한 항해였다. 최고의 항해를 빚는 최고의 파도가 꼬리에 꼬리를 물고 거칠게 일렁였다. 붉은 포도주 바다의 물고기 떼와 함께. 나는 이 공간이 퍽 마음에 든다.

테이블 위에는 서너 종류의 치즈가 섞인 플래터와 와인 잔이 놓여 있다. 처음부터 이런 게 올려져 있었는지 되짚으며 머리를 갸웃했다. 내가 주문한 음식은 아닌 것 같았지만 아무래도 상관없다. 다 내가 무척 좋아하는 것들이니까. 주위를 돌아봤다. 다른 손님이라고는 바로 뒤 테이블에 앉은 백인 노부부가 유일했다. 나는 호기심 어린 눈으로 잠시 그들을 살피다 아내 쪽과 설핏 눈이 마주쳤다. 그녀는 살짝 고갯짓하며 미소를 던졌다. 나도 가볍게 웃어 화답했다. 평화로운 저녁, 고요한 식당, 무탈한 식사다.

잠깐, 그러고 보니 언제부터 고요했나.

• • •

　성실하게 귓가에 꽂히던 콘트라베이스나 기타 선율, 보컬의 걸쭉한 울림 중 어느 하나도 이 장소에 더는 감돌지 않는다. 조금 전까지도 장내에 고루 퍼져 있던 블루스는 어느새 할 일을 다 마친 모래시계처럼 움직임을 멈췄다. 와인빛 물살과 그 안에서 헤엄치던 물고기도 정지했다. 나는 재빨리 무대를 쳐다봤다. 트리오는 감쪽같이 사라지고 없다. 공연이 그새 막을 내린 걸까. 아니다, 사실 모르겠다. 선율은 왠지 어렴풋하기만 하고 내가 공연이라고 여겼던 건 아주 외딴곳에서 벌어진 먼일처럼 느껴진다. 어쩌면 공연과 트리오는 처음부터 없었던 걸지도 모른다.

　"어디까지 가시겠습니까?"

　갑자기 친절하고 나직한 음성이 다가왔다. 채도 높은 남색 유니폼을 입은 웨이터다. 그런데 어쩐지 낯이 익다. 나는 빠르게 기억을 더듬어 보지만 화살은 목적지까지 날아가지 못하고 곤두박질치고 말았다. 내 눈은 그의 얇은 금테 안경을 지나 기묘한 수염에 꽂혔다. 그리려고 해도 어려울 만큼 예술적인 곡선이다. 저런 수염을 가진 남자를 어디서 봤더라. 분명 봤는데. 그나저나 그가 왜 저런 걸 묻는지 이해할 수 없다. 아무리 불가해의 바다에 빠져 있다 해도 도저히 식당 웨이터 입에서 나올 만한 질문이 아니라는 것쯤은 알고 있다.

"무슨 말씀이세요?" 나는 물었다.

"아시다시피 행선지는 아주 중요하답니다. 어디로도 가지 않는 것 역시 가능하지만 어딘가로 가고자 한다면 기회는 한 번뿐이니까요. 아, 애초에 여기에 이르렀다는 것만으로도 당신은 아주 특별한 분이시지요. 평생 단 한 순간도 눈을 뜨지 못하는 인간이 대부분이니까요."

그는 메뉴를 추천하거나 나이프 사용법을 설명하는 것처럼 태연하게 말했다. 나는 의아하면서도, 어미를 파도 위에 올려놓듯 살짝 들어 올리는 그의 '아' 발음에 흥미가 쏠렸다.

"아뇨, 저는 그저…." 나는 이곳에 온 이유를 설명하려다가 문득 막막한 기분에 휩싸여 얼버무렸다. "그저 식사를 하러 온 것 같아요. 어디 다른 곳을 가려던 건 아니고요."

나는 도움이라도 청하는 눈빛으로 아까 시선이 마주쳤던 노부부 쪽을 향해 얼굴을 돌렸다. 하지만 자리는 텅 비어 있다. 사라진 트리오와 증발한 블루스처럼 그곳에는 더 이상 아무것도 남아 있지 않다. 당혹스러웠다. 그들은 어느 틈에 조용히 떠난 걸까. 저 자리에 앉아 있기는 했던 걸까. 역시나 알 수 없다. 어쩌면 노부부 역시, 짧게 주고받은 미소 역시 처음부터 존재하지 않았던 걸지도 모른다.

"설마 레브에 오신 건 '이번에도' 처음인가요?"

레브. 그게 이 식당 이름이었나. 기억은 전무하다. 그러나 아스라하게 귀에 익은 단어다. 그보다 '이번에도' 처음이냐니.

"예전에 한 번 와 본 적이 있기는 해요." 나는 우물쭈물하며 대답했다.

"아, 같은 장소에 있다고 같은 공간에 있는 건 아니지요. 그러니까 오늘은 여전히 '처음'이라는 말씀이군요. 좋습니다. 그럼 이번에는 어떻게 찾아오셨는지요?"

처음이라는 단어를 유독 강조하는 그의 말을 곱씹는 동안 나는 '아'에 담긴 기교를 따라 해 보고 싶은 충동을 꾹 억눌러야만 했다. 그걸 제외한다면 그의 말투는 전체적으로 안정적이고 차분했다. 나는 장난이라도 치고 있는 건가 싶어 웨이터의 표정을 자세히 들여다봤다. 그러고 보니 웃고 있다고 생각했던 그는 더 이상 웃고 있지 않았다. 오히려 웃고 있지 않은데 웃고 있다고 하는 편이 맞는 것 같다. 나는 눈을 질끈 감았다가 뜬 다음 옷자락의 풀린 실밥 끝을 좇듯 그의 눈, 코, 입을 찬찬히 뜯어 관찰했다. 눈을 보고 있을 때는 웃고 있는데 입을 보면 웃고 있지 않다. 얼굴을 보면 웃고 있는데 눈을 보면 웃고 있지 않다. 뭐가 뭔지 알 수가 없다. 모든 게 희부옇고 흐릿하기만 하다.

"사실 기억이 전혀 나지 않아요. 그냥 눈을 떠보니 여기에……."

인과라고는 없는 얼토당토않은 상황이지만 말 그대로 나는 이곳에 와 있었다. 옮겨져 있었다고 해야 할까. 블루스 트리오가 제일 잘 보이는 자리에, 시키지 않은 치즈 플래터와 와인이 놓인 테이블에, 나이 지긋한 백인 부부의 앞쪽에. 하지만 증명할 길이 없다. 블루스 트리오도 노부부도 사라지고 말았다. 그러고 보니 손도 대지 않았던 치즈 플래터와 와인 또한 자취를 감췄다. 나 또한 언제라도 실체를 잃고 산화해 버릴 것 같은 몽롱함이 품을 파고들었다.

　이곳에서 나는 불청객인 게 틀림없었다. 그는 거짓말 같은 표정으로 나를 보며 아무런 대꾸도 하지 않았다. 어색한 침묵이 얼마간 이어졌다. 소리가 채워져 있어야 할 자리가 공허했다. 트리오의 공연이라도, 아무 다른 음악이라도 있으면 좋을 텐데, 하고 생각했다. 초조함에 입술이 건조하게 타들어 가는 느낌이 들었다.

　"'눈을 떠 보니'라. 눈을 뜬다는 게 아직 무엇인지 모르시는 듯한데 말입니다. 비단 당신에게만 해당되는 얘기는 아닐 테지만요. 그래서," 나를 빤히 응시하며 낮게 중얼거리던 웨이터가 성실한 음조로 말을 이었다. "어디까지 가시겠습니까?"

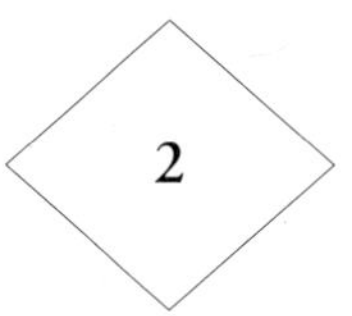

2

어릴 때부터 종종 혼자만 다른 계절에 놓인 듯한 경험을 하고는 했다. 한여름에 갑자기 바들바들 떨며 이를 부딪치는가 하면, 눈 덮인 거리를 걷다가도 별안간 엄습한 열기에 얼굴이 벌겋게 달아오르는 식이었다. 단순히 온도 변화에 민감한 차원이 아닌 감각 체계의 총체적인 오작동이었다. 더위를 느끼는 것과 열기를 느끼는 것은 원인과 결과만큼이나 다른 이야기다.

스스로를 고장 났다고 생각했다. 온도를 감지하는 모종의 신체 기능이 망가져 미세한 변화를 불시에 과하게 느끼는 것이라고 말이다. 병원에서는 번번이 컨디션 난조나 운동 부족 정도로 취급받기 일쑤였다. 장난 같은 증상을 설명하는 나 자신부터도 목소리가 작아지니 이해 못 할 바는 아니다. 대부분 통증이 있는 것도 아니니 딱히 일상생활에 지장은 없었지만 전혀 어울리지 않는 때와 장소에, 전혀 걸맞지 않은 계절과 온도를 오로지 혼자만 감지한다는 건 분명 어지간히 성가신 일이었다.

꽃가루나 땅콩 알레르기처럼 특정 요인이 영향을 미치는 건가 싶어 작은 발현 조건이라도 찾기 위해 애썼지만 소용없었다. 패턴이나 규칙성은 물론, 주기적인 요소라고는 전무했다. 정도도 강도도 매번 달랐다. 증상은 아주 잠깐 머물렀다가 사라지기도 했고, 일부러 장소를 벗어나거나 그 자리를 피하지 않는 한 지속되기도 했다. 그늘 아래 시원함 수준일 때도, 봄기운같이 온화할 때도 있다. 물론 아주 가끔은 극단적 수준의 온도로— 할아버지의 장례식에서처럼—맹렬한 공포에 사로잡히기도 하지만.

괴이한 장례지도사를 만나기 전까지는 이 증상이 특정인으로부터 기인하는 거라고는 조금도 생각하지 못했다. 재채기나 딸꾹질처럼, 마땅하지만 불가피한 반사 작용 정도로만 여겼을 뿐이었다. 장례식장의 화장실 변기 위에서 한참을 오그리고 있던 그날을 몇 번이고 되짚어 본 뒤에야 마침내 알게 됐다. 내가 느끼는 온도는 '타인'이 원인이라는 걸. 나는 여태껏 내 주위에 있던 누군가의 무언가를 느낀 것이었다. 그건 지겹도록 나를 달구고 식히던 미지의 존재의 실루엣을 묘연하게나마 처음으로 마주한 순간이었다.

　말이 나온 김에 지난 28년간 알아낸 증상의 특징들을 적어 본다. 어쩌면 이건 생각보다 훨씬 귀중한 자료가 될 수도 있을 터다.

1. 온도를 느낄 수 있는 대상은 이름을 아는 사람에 한한다.
2. 대부분의 온도는 체온 범위 근처라 큰 이질감을 느끼지 않는다.
3. 극단적인 열기나 한기를 지닌 사람들이 존재한다. 의미는 미지수다.
4. 거리에 비례한다. 가까이 있을수록 더 뚜렷하다.

5. 사람을 제외한 동물에게도 감지될 때가 있다.

6. 가명에는 작동하지 않는다. 자신이 인지하는 '진짜 이름'이어야 한다.

7. 무엇보다 중요한 사실. 온도는 변하기도 한다.

사람들은 흔히 성품이나 인성을 온도에 빗대어 표현한다. 이를테면 '마음이 따뜻하다'라거나 '냉정한 성격' 따위의 것들. 하지만 내가 감지하는 온도는 결코 그런 범주의 것이 아니다. 이것이 오랜 연구 끝에 ―상당히 외로운 연구였음을 덧붙이고 싶다― 내가 도달한 결론이다. 그도 그럴 것이 두 살 어린 동생 해윤은 내가 아는 생명체 중 가장 여리고 인정 많은 아이지만 늘 한겨울의 냉기를 뿜어냈다. 설령 내면 깊숙한 곳에 남모를 냉골이 존재한다고 해도 그 애를 '차가운 인간'이라 분류하는 건 당치도 않다.

마지막 법칙 역시 해윤에게서 발견했다. 그 애에게 처음부터 찬 기운이 느껴졌던 건 아니다. 어느 날 어느 때라고 정확하게 표현할 수는 없지만 해윤은 내가 막 고등학생이 되었을 무렵 '겨울 인간'이 되었다. 나는 냉기를 얻은 동생의 변화가 대체 무엇이었을지 알아내기 위해 꽤 오래 매달렸지만 돌아오는 대답은 늘 한결같았다. 정말 아무 일도 없어, 하고 매번 그 애는 말했다.

내가 느끼는 게 단순히 누군가의 '온정'을 나타내는 게 아니라면 생각해 볼 법한 몇 가지 가설은 있다. 가장 가능성 높은 건 '체질'이었다. 체질은 쉽게 바뀌지는 않지만 간혹 변하기도 하니까. 고유한 신체의 성질이 온도로 표출된다고 하면 얼추 설명이 되는 듯했다. 그게 이름과 무슨 상관이 있는지는 모르겠지만 애초에 이름을 안다는 사실만으로 그 너머의 무언가를 느낀다는 것부터가 이해 불가한 상황이 아닌가.

'나에 대한 감정'도 고려해 봤으나 가능성은 희박하다. 장례식장에서 처음 만난 장례지도사가 나에게 그 정도로 극단적인 감정을 갖고 있었다는 건 말이 안 된다. 무엇보다도 확실한 반증은 동생이다. 이 세계에서 나와 가장 밀접한 존재인 해윤의 내면에 내가 눈치채지 못하는 격렬한 냉기가 실재할 리 만무했다. 나는 나 자신 못지않게 그 애를 알고 있다. 이건 소소한 자부 정도가 아닌 분명한 단언이다. 우리는 늘 서로에게 그랬다.

　해윤에게 내 특이점에 대해 털어놓을까 고민한 적도 있다. 호기심 많고 영특한 해윤이라면 예기치 못한 해답을 떡하니 내놓았을 수도 있지만 내 망설임에는 일말의 가능성이 녹아 있었다. 온도에 담긴 의미를 모르는 게 더 나을 수도 있다는 가능성. 동생에게 느껴지는 겨울의 기운이 어떤 의미인지 내 쪽에서 조금이라도 정체를 파악하지 않고서는 섣불리 이야기할 수 없었다. 그것의 실체에 먼저 접근하는 건 반드시 나여야만 했다.

　나는 끝내 온도의 정체를 밝히고 그 민낯을 드러내 보일 계획이다. 그러니 언젠가는 동생에게 그동안 내가 홀로 겪은 겨울과 여름, 봄과 가을 이야기를 해 줄 수 있을 테다. 그리고 어쩐지 그때가 머지않았다는 예감이 든다. 내가 그것의 진짜 '이름'을 명명할 날이.

가장 멀리 떨어져 보이는 것들일수록 실은 정확히 한 지점에 있는 건 아닐까, 하고 언젠가 생각했다. 너무 차가우면 꼭 타들어 가는 듯하고 너무 뜨거우면 얼어붙은 것 같다고 느끼는 것처럼. 행복에 겨우면 울음을 터뜨리고 비애가 극에 달했을 때 허탈하게 웃어버리는 것처럼. 찬 것과 뜨거운 것, 행복과 비애, 유와 무, 삶과 죽음, 의식과 무의식 같은 것들도 마찬가지다. 그것들은 양극단에 떨어져 있어 영원히 접점이라고는 없을 듯이 보이지만 시작을 해야 끝이 있고 끝을 내야 시작이 오듯 결국 같은 얼굴을 지니고 있을지도 모르는 일이다.

눈앞의 괴괴한 남자를 보며 나는 다시 한번 그런 생각을 했다. 그가 나와 완전히 다른 극단에 서 있는 인간, 혹은 생물, 혹은 존재 같았기 때문이다. 그렇다면 그와 나는 줄곧 내가 생각해 왔던 이론에 따라 실은 하나일 수도 있는 것일지, 대체 어느 부분에서 그런 접점이 존재할지 도통 감이

잡히지 않았다. 그만큼 묘한 감촉이다. 이제껏 이 정도의 위화감을 풍기는 존재는 만나본 적이 없었다. 그가 결코 평범한 웨이터는 아니라는 건 자명했다.

"누구신데 저한테 그런 질문을 하는 거죠?"

"저는 당신의 문지기입니다." 웨이터는 고개를 살짝 기울이며 친절하게 답했다.

"문지기라니. 어디에 있는 문이요?"

애초에 자신을 문지기라고 소개하는 사람도 처음이었던 데다 그가 '당신의 문지기'라고 한 게 의아했다. 이상한 질문을 하는 이상한 남자에게 점점 경계가 혼재한 호기심이 동했다.

"아, 문은 어디에나 있습니다. 당신들은 문 너머보다 문 자체에 집착하는 경향이 있더군요. 가령 어디에 있고 어떻게 생겼고 어떤 이들이 드나드는지, 뭐 그런 것들이요. 그러나 문의 본질과는 먼 얘기들입니다. 문은 이쪽과 저쪽을 나누고 또 잇는 것, 그 이상도 이하도 아니니까요."

"무슨 말씀이신지…… 게다가 그게 제 문도 아닌데 왜 당신이 '저의 문지기'라는 거죠?" 남자의 황당무계한 설명에 나는 어깨를 으쓱이며 물었다.

“문지기의 역할은 문을 열고 닫는 것뿐입니다. 이곳을 창조한 것도, 당신을 이곳까지 이끈 것도 당신이죠. 오늘까지 포함한 우리의 377번의 만남 모두에서요. 그에 속한 저는 마땅히 당신의 문지기인 거고요.”

“이해할 수가 없는데요. 이곳에 온 과정은 어찌 된 일인지 생각이 안 나지만 이런 레스토랑을 제가 무슨 수로 만들겠어요. 여기 온 건 고작 두 번뿐인데 377번의 만남은 또 뭐고요.”

웨이터는 웃고 있는 동시에 웃음기 없는 건조한 얼굴로 나를 멀거니 내려다봤다. 그의 모든 말은 허구 같았지만 나는 내심 그가 처음부터 지금까지 한 치의 거짓도 말한 적이 없다는 걸 직감하고 있었다. 그의 정제된 음성과 견고한 자세, 철저히 중립적인 시선을 통해. 그리고 바로 그 점이 이 해괴한 곳에서 내가 자리를 박차고 나가버리려는 욕망을 막아서는 것이었다.

“레브는,” 웨이터가 잔잔한 목소리로 입을 열었다.

“레브는 여태 단 한 번도 같은 형상으로 탄생한 적이 없습니다. 377번째에는 블루스 트리오가 등

장하는 런던의 프렌치 레스토랑이지만 378번째에
는 분명 또 다른 장소로 짜일 테지요. 당신의 무
의식이 뜻하는 대로."

"저의 무의식이 여기를 만들었다는 얘기예요?
그럼 지금 이건 꿈인가요? 그래요, 꿈이라면 말이
되죠. 이곳의 모든 게 어쩐지 이상했으니까요."

"이곳을 '레브'라고 명명한 것도 당신입니다.
어느 외국 말로 꿈이라는 뜻이지요. 당신의 무의
식 어딘가에서 그 단어가 특별한 무게를 가졌던
모양입니다. 하지만 물까치나 체크메이트, 소행
성 B612 같은 이름을 붙였어도 이곳의 본질은 변
하지 않았을 겁니다. 꿈보다 한층 깊은 층위, 의
식은 건너올 수 없는 무의식의 지배 공간이라는
본질 말입니다."

분명 단순히 꿈이라는 한 글자로 설명하기에는
이곳이 규정할 수 없는 요소들로 가득 차 있는 걸
인정할 수 밖에 없었다. 그 불확실성에 모종의 무
력감이 느껴졌다. 마치 눈을 뜨고 있지만 아무것
도 보지 못하고 있는 듯한 손 쓸 수 없는 감각이
었다.

"그럼 여기서 깨어나면, 그러니까 의식의 세계

로 넘어가면 다시 이곳을 잊게 되나요? 당신과 당신이 해 줬던 이야기도 전부 다요?"

"높은 확률로요."

"그런 무의미한 일이 왜 377번이나 반복된 거죠? 왜 제 무의식은 꿈보다 한층 깊은 이 공간을 매번 다른 모습으로 창조하고 저를 여기로 이끄는 건데요? 어차피 잊고 말 것들을. '저의 문지기'라는 당신은 늘 백지 상태의 저를 만나 끝없는 기다림을 겪어야 하나요?"

나는 들끓는 감정을 내뱉으며 앉아 있던 의자에서 벌떡 일어나 웨이터를 쳐다봤다. 조명에 반짝이는 그의 얇은 안경테와 정갈한 콧수염을 제외하면 어떤 것도 읽을 수 없는 얼굴을.

"무의미라. 당신들이 무의미하다고 여기는 많은 것들 안에 실은 그 어떤 유의미보다 지대한 의미가 담긴 경우를 저는 아주 자주 봤는데 말이지요. 확실히 이곳은 본질의 영역입니다. 대부분의 인간은 여기까지 당도하지 못하고 생을 마치죠. 그렇다면 왜 당신의 무의식은 그리도 선명할까요? 그 집념과 결의는 어디에서 오는 걸까요? 답은 아마도 저희 둘 중 누구에게도 없을 겁니다. 어쩌면 당신의 무의식에는 있을지도요. 무엇보다…" 웨이터는 웃음기 묻은 목소리로 말했다. "문지기에게 기다림은 숙명이랍니다."

얼빠진 표정을 채 수습하기도 전에 갑자기 낯선 진동이 들이닥쳤다. 눈앞의 테이블은 어느 틈엔가 좌우로 격심하게 흔들리고 있었다. 아니다. 흔들리는 건 이 레스토랑 전체다. 나는 겁에 질려 빠르게 주위의 요동치는 사물들을 확인했다. 그러나 웨이터는 그저 조화로운 연주로 항해하던 블루스 트리오처럼 조금도 동요하지 않은 채 가뿐히 여유를 유지하고 있었다.

"지진이에요. 레스토랑이 무너질 것 같아요." 내가 소리쳤다.

"그런가요?" 웨이터는 태연자약하게 말했다.

"보세요. 마구 흔들리고 있다고요."

"아, 당신의 무의식은 알고 있는 모양이군요. 조만간 당신의 세계가 송두리째 흔들릴 거라는 걸요. 축이 틀어지는 현상은 꽤 치명적인 변화인데 말입니다. 그래요, 분명 아주 치명적이고도 아슬아슬한 변화일 테지요."

"그런 소리를 할 때가 아니에요. 여기서 빠져나

가는 법을 알려 줘요. 우리 둘 다 위험하잖아요."

"이곳은 실체가 없는 영역. 저 역시 관념으로 이루어진 존재지요. 무너져도 무너지는 게 아니고 깔린다 해도 사멸하는 게 아닙니다. 중요한 건 상징입니다. 상징은 육체의 눈으로 읽을 수 없어요. 당신이 아무리 예리한 감각과 고결한 무의식을 지녔다 해도 너무 오래 지체된다면 틀어진 축은 끝내 영혼을 바스러트리고 말 겁니다."

순간 형언할 수 없는 기분에 휩싸였다. 나를 묶은 이 감정의 정체를 정의할 수가 없었다. 깊숙이 그 뿌리를 좇아 보지만 녀석은 순식간에 자취를 감추고, 얼굴을 바꾸고, 기척을 위장했다. 고삐에서 해방된 짐승처럼 울컥울컥 분출하는 내면의 고인 감정들에 내 온몸이 허망하게 잠식당하기 직전이었다. 나는 두려운가. 무엇을 불안해하고 있나. 두려움이든 불안이든 그 감정의 집체는 죄다 내 것이지 않은가 말이다.

"뭔가 잘못될 것 같은 예감이 들어요. 어떻게 하면 좋을지 모르겠어요. 말해 줘요. 길을 알려 줘요."

나는 울부짖다시피 하며 웨이터에게 외쳤다.

내 축을 틀어놓을 거라는 짐작 못 할 치명적인 변화가 한 걸음씩 현실로 다가오는 듯했다. 내면에서 일어나는 원인 모를 감정이 금방이라도 주저앉을 것처럼 요동치는 레스토랑 때문인지, 이 상황에도 지극히 평온을 유지하고 있는 기이한 남자 때문인지 파악할 수 없었다. 그건 제어할 수 없는 내 무의식이 보내는 경고일지도 모를 일이었다.

"눈을 뜨세요. 상징을 읽으세요. 냄새로 듣고, 소리로 보고, 감각으로 해석하세요. 무의식의 신호를 의식이 눈치채야 합니다. 당신의 영혼을 견고하게 지탱하고 있는 것들에 주의를 기울여야 해요. 상징은 이미 무수히 많은 신호를 보내고 있고 줄곧 실재했습니다. 지금 이 순간까지도요."

그때였다. 굉음과 함께 물고기 음각이 새겨진 암적색 벽돌 벽이 도처에서 폭발하듯 터져 나왔다. 물고기 떼가 붉은 바다를 탈출해 범람하고 어둠이 삼킨 천장은 무너져 내리고 있었다. 혼란 속에서 필사적으로 고개를 돌려 웨이터를 바라봤다. 거대한 돌무더기에 깔리기 직전, 나는 그의 한쪽 입꼬리가 올라간 것 같다는, 이번에야말로 분명 웃은 것 같다는 생각을 했다.

눈이 떠진 건 어스름한 새벽녘이었다. 사위는 고요했고 오직 심장 고동만이 침대 매트리스에 울릴 만큼 존재감을 과시하고 있었다. 평소 꿈을 잘 꾸지 않지만 한 번 꾸면 종종 이렇게 급작스럽게 깨어나고는 했다. 그러나 이번에도 기억은 전무했다. 여느 꿈이 그러하듯 눈을 뜸과 동시에 간밤의 흔적은 뿔뿔이 밤공기 속으로 녹아들고 말았다. 나는 단잠을 중지시킨 얄궂은 꿈이 무엇이었는지 더듬어 보려 애썼지만 기억은 이미 깔끔하게 소각되어 흩뿌려진 뒤였다.

크게 공기를 들이마시고는 꿀꺽 삼켰다. 정신은 쾌청하기 그지없어 아무래도 다시 잠에 들기는 어려울 것 같다. 달빛이 물결처럼 구불거리는 천장을 멀뚱멀뚱 쳐다보다가 순간 어깻죽지에 소름이 돋았다. 문득 머릿속에 스친 건 물고기, 붉은 비늘을 지닌 작은 물고기였다. 나는 갑자기 떠오른 영문 모를 이미지에 한쪽 눈썹을 찌푸렸다. 꿈, 나아가 무의식이라는 것은 대개 이렇게 종잡을 수 없는 모습을 띠고 있다.

휴대폰 화면을 켰다. 새벽 3시 31분이다. 그건 내가 태어난 시각이었다. 세상에 태어나 처음 숨을 들이마신 시각. 그러나 처음 눈을 뜬 건 그때로부터 한참이 지난 뒤였을 테다. 살아있다는 것과 숨을 쉰다는 것, 눈을 뜬다는 것과 실제로 볼 줄 안다는 건 상당히 밀접한 관계에 놓여있지만 전혀 같은 의미는 아닐 수도 있겠다고 나는 생각했다.

자정쯤 이균에게 메시지가 와 있었다. 처방받은 수면제 없이는 조금도 못 자는 이균이 오늘은 좀체 잠이 안 와 이틀 치를 한 번에 먹었다고. 숨을 깊숙이 들이마시고는 이번에는 소리까지 내뱉어냈다. 글자를 썼다 지웠다 조심스럽게 이 말 저 말을 고르다가 결국 걱정을 뭉텅 잘라내 지나치게 무거워 보이지 않도록 답을 보냈다.

극심한 불면에 장악당하고 있을 만큼 그를 괴롭히는 고통을 내가 온전히 알 수 있을 리 없었다. 아무리 친밀한 관계여도 타인인 나는 그 실체에 영영 다가갈 수 없을 거라는 생각에 가슴이 뻐근하게 조여왔다. 의식의 시간에 아무리 그를 보듬고 곁을 지킨다고 해도 내가 범접할 수 없는 무

의식의 시간, 잠과 꿈의 시간이 도래하면 그는 철
저히 홀로 싸워야만 한다는 사실이 지독히도 잔
인하게 느껴졌다. 내 영혼의 한 축을 견고하게 지
탱하고 있던 그가 서서히, 그러나 꾸준히 금이 가
게 된 시작점은 어디였을까.

3

　남자의 이름은 최병두. 알고 싶지도 않았거니와 물은 적도 없는 해괴한 남자의 이름을 순전히 사고처럼 맞닥뜨렸다. 가뜩이나 새벽녘에 잠이 깨버리는 바람에 종일 온몸이 젖은 청바지처럼 눅진했던 데다 야근까지 치른 험한 귀갓길이었다. 까딱하다가는 잠에 푹 빠져들 것 같아 그저 몽롱한 경계선에 놓인 듯한 상태로 눈만 감고 있던 참이었다. 늦은 퇴근길의 삭막한 지하철 내부에 전혀 어울리지 않는 음형이 끼어든 건 그때였다.

　무거운 눈꺼풀을 억지로 밀어 올리며 얼굴을 돌렸다. 평소라면 예의 '2호선 별종' 정도 아무렇지 않게 외면할 테지만 오늘은 정말이지 험난하기 그지없는 날이었다. 경쾌하고 현란한 음악의 정체는 틀림없는 요들이었고, 지휘자는 한 번 보면 절대 곧바로 눈을 돌릴 수 없게 만드는 복장의 중년 남성이었다. 아무래도 막간의 휴식조차 오늘은 사치였던 모양이다. 나는 주위의 다른 몇몇 승객과 마찬가지로 묵직한 한숨을 토했다.

남자는 '소녀'다. 그것도 알프스에나 있을 법한 그런 소녀다. 짧고 우락부락한 다리 중간까지 내려오는 녹색 치마는 구불구불한 레이스로 장식돼 있었다. 허리에 찬 구형 스피커를 뚫고 '소녀'의 고향에 어울리는 요들이 찢겨 나왔다. 그는 박자에 맞춰 이리저리 휘청이며 손을 휘젓고 자신의 이름과 함께 난해한 말을 외쳐댔다. 마치 최악의 악몽이 현실로 튀어나온 듯한 광경이었다. 다른 칸으로 갈까, 고민했지만 남자는 이미 걸음을 옮기며 순차적으로 불특정 다수를 향한 고문을 잇는 중이었다. 어디로 가든 결국 '소녀'를 피할 길은 없어 보였다. 나는 뻑적지근한 고개를 정면으로 무겁게 가져왔다.

무심코 셔츠 목 부분을 잡아 흔들자마자 내부가

이상하게 덥다는 것을 눈치챘다. 정확히 말하면 조금 전부터 점점 더워지고 있다는 것을. 이미 이마에는 갓 태어난 땀방울들이 송골송골 맺혀 있었다. 나는 다른 사람들의 반응을 보기 위해 서둘러 눈을 움직였고 이 이질적인 더위는 오직 나에게만 해당한다는 것을 금세 알아차렸다. 늘 그랬듯이, 이제껏 그래 왔듯이. 그러나 뭔가 이상했다. 이 안에서 내가 이름을 아는 사람이라고는 없지 않은가. 서로 이름을 부르며 이야기하는 일행이 있는 것도 아닌데 대체 어떻게, 까지 생각이 미치자 나는 연신 자신의 이름과 함께 고함을 지르고 있는 남자를 향해 고개를 돌렸다. 아, 저 남자.

아무리 그래도 흔치 않은 정도다. 이만한 온도는 손에 꼽을 만큼 드물었다. 남자와의 거리가 좁아 들수록 더위는 점차 열기로 변모해 갔다. 목덜미에서 흘러내리는 땀이 선연히 느껴졌다. 숨이 막혔고 공기는 되직한 진흙같이 얽히고설켰다. 나는 다가오고 있는 남자가 두려웠다. 이유라도 알면 이 근원 모를 암담함을 잠재울 수 있을 텐데. 이 정도의 열기를 내뿜는 인간이라는 건 대체 어떻게 생겨 먹은 것일지 짐작도 하기 어려웠다.

남자가 지닌 게 무엇이고 저 안에서 어떤 어마어마한 일이 벌어지고 있든 도저히 감당할 자신이 없었다.

이미 수십 년간 겪어 온 지긋지긋한 증상에 대처법은 도가 틀 대로 텄다고 생각했지만 이번에는 정말이지 참아 내기가 어려웠다. 얼굴은 화끈거렸고 셔츠는 땀으로 끈적하게 젖어 들었다. 그렇다고 눈에 띄는 행동을 하고 싶지는 않았다. 달리는 고철 안에서 도망칠 길이 있는 것도 아니었다. 소매 단추를 풀러 팔을 걷어 올렸다. 주체할 수 없는 열기와 못지않게 득시글거리는 공포가 오직 나에게만 총구를 들이밀고 있었다. 정신이 아득해지는 기분이었다. 그저 어서 남자가 내 주변을 벗어나 주기를 바랄 뿐이었다.

세게 쥔 손 안쪽에 시퍼런 손톱자국이 패였다. 손바닥의 찌릿한 통증에 정신을 차린 나는 남자에게 고정하고 있던 시선을 앞으로 옮겨 왔다. 질끈 눈을 감았다. 조금이라도 열기를 가라앉히기 위해 정신을 분리하고 감각을 분산하고 뭐라도 다른 상상을 하기로 했다. 나는 아주 평화롭고 아늑한 곳에 있다, 이건 꿈이다, 나는 꿈을 꾸고 있다.

꿈? 문득 조각난 단편 하나가 머릿속을 가로질렀다. 평화롭고 아늑한 곳, 학생 시절 언젠가 가 보았던 런던의 한 프렌치 레스토랑이 막연히 상기됐다. 그 기억이 내게 이토록 특별했던가. 평화롭고 아늑한 꿈을 대변할 정도로? 나는 한 걸음씩 기억을 거슬러 올라갔다. 그곳만이 이 치명적인 열기에서 벗어날 수 있는 당장의 유일한 도피처처럼 여겨졌다.

대학 시절 방학을 맞아 떠난 여행이었다. 우연히 들어간 레스토랑은 한산했고 고풍스러운 내부는 때마침 연주를 시작한 블루스 트리오의 선율로 가득 차 있었다. 평화롭고 아늑했다. 그러나 이상한 일이다. 어쩐지 그 기억은 그리 오래된 것처럼 느껴지지 않는다. 오히려 더없이 가까운 듯했다. 그렇다고 실물로 손에 잡히는 것도 아니다. 마치 실로 꿈처럼. 분명 내 무의식에 담겨 있지만 의식의 세계에서는 곧장 허물어져 버리고 마는 지극히 보통의 꿈처럼.

눈꺼풀 바깥쪽의 세계와 안쪽의 세계가 빚어내는 괴리감에 불쾌감이 치밀었다. 질 낮은 스피커가 쏟아 내는 요들과 성난 '소녀'의 호통 소리가 블루스 배경의 한갓진 프렌치 레스토랑을 점점 더 과감히 침범해 왔다. 점차 거세지는 열기가 정신까지 파고들기 직전이었다. 나는 감은 눈에 한층 더 힘을 실었다.

"눈을 뜨세요."

나도 모르는 사이에 입술 사이로 속삭이듯 새어 나온 말과 함께 퍼뜩 눈이 떠졌다. 그건 방금까지 현실과 마구 뒤섞여 무너지기 직전이었던 기억 사이의 영역에 희끄무레하게 떠돌던 말이었다. 어쩌면 일전에 그 레스토랑에 갔을 때 친구와 나누던 대화 도중 나온 말이었을지도 모른다. 그렇다면 그건 친구의 목소리였을까, 아니면 다른 누군가의 목소리였을까. 떠올리려고 애썼지만 정황도 상황도 전혀 생각나지 않는다. 안개 같은 흔적은 안개 속으로 숨어 버렸다. 기억과 지금 나 사이의 거리는 이미 너무도 까마득하다.

흐린 기억을 비집고 나를 무력화하는 현실의 열감에 인상을 구기며 다시 남자 쪽을 쳐다봤다. 폭발할 것처럼 화끈거리는 얼굴로. 그는 이미 꽤 많이 다가와 있었다. 나는 원망과 겁이 뒤섞인 복잡한 심경으로 그를 보며 수백수천 번 반복해 부덫혔던 난제의 해답을 다시 한번 궁리했다. 대체 이유가 무엇인가. 저 남자의 이름을 앎과 동시에 온도로서 내게 감응을 일으키는 건 도대체 뭐란 말인가. 그가 다른 사람들과 다른 점은 —물론 한두 개는 아닐 듯하지만— 과연 어떤 것인가. 무엇보다 왜 하필 나인가.

철마 안에서의 형벌 같은 시간이 지난 뒤에도 발걸음은 족쇄처럼 무거웠다. 죄명도 기한도 모르는 영원한 신의 저주를 받은 거라고 생각하자 한없이 울적했다. 나는 왜 신에게 버림받은 걸까. 지하철에서 느낀 열기만큼이나 설움이 바잡게 끓어올랐다.
'눈을 뜨세요.'
밤공기를 마시며 터덜터덜 집으로 향하는 동안 아까 입에서 무의식적으로 흘러나왔던 말을 잘근잘근 곱씹었다. 경고 같기도 선언 같기도 한 그 말을 그저 머리 긁적이며 넘기기에는 어딘지 모르게 찝찝했던 탓이다. 어지러운 마음에 고개를 젖혀 하늘을 올려다봤다. 구름 한 점 없는 밤하늘에 보름달이 유독 환히 도드라졌다. 그 순간 정적을 깨며 휴대폰이 울어댔다. 이균이었다.

"균, 이제 퇴근하는 거야?"

"응, 방금 나왔어. 너 간만에 야근해서 힘들었겠다." 이균이 말했다. 주위의 땅거미보다도 두껍게 가라앉은 목소리에서 가장 먼저 흘러나온 건 역시 내 안부였다.

"나야 지금 기획만 마무리되면 괜찮은데 네가 걱정이지. 목소리 안 좋은데 어디 아파?"

"그냥 좀 피곤해서. 차라리 정말 큰 병 걸리거나 사고 나서 아팠으면 좋겠다. 그럼 병원 들어가서 며칠이라도 쉴 수 있을 텐데."

이균의 말에 발걸음이 굳었다. 그건 이균이 할 법한 말이 도저히 아니었지만 너무도 당연하다는 듯한 그의 말투에 나는 곧바로 어떤 대꾸도 할 수가 없었다. 그는 내 생각보다, 내 눈앞에서보다 훨씬 더 처참하게 무너져 있었나.

"아무리 그래도 그런……."

차마 발을 떼지 못하고 길 한복판에 우두커니 선 채 내가 우물거렸다. 목소리에 울음이 묻어 나오지 않도록 음정을 고르고 고르면서. 그러나 스피커 너머에서는 한참이 지나도록 아무런 답도 들려오지 않았다.

"그 팀장이 다른 지사 발령 날 때까지 못 견디겠으면 그냥 나오자, 제발. 너 얼마든지 좋은 곳 갈 수 있고 오히려 젊을 때 새로운 도전해 보는 것도 멋지잖아. 사람이 살고 봐야지."

"미안, 내가 괜한 소리 했네. 뭐지? 나 진짜 망가치고 있는 건가? 이러다가 이어 붙이지도 못 할 정도로 부스러지면 어떡하지?"

이균은 웃으며 말했다. 날씨가 좋아, 이 꽃 예쁘다, 하는 것과 마찬가지인 말투에 마찬가지인 웃음이었다. 그 말에 무심코 아까의 잡념이 출몰했다.

'눈을 뜨세요.'

장난스럽게 다른 주제로 넘어간 이균의 말을 들으면서 지하철의 열기와 그 열기로부터 연결된 어느 이국의 레스토랑과 그 사이 어딘가에서 불거져 나온 이유 모를 문장이 내내 주위를 맴돌고 있는 것처럼 느껴졌다. 불길한 감촉이었다. 마치 다른 칸에서 서서히 내 쪽으로 다가오며 열기를 내뿜던 이상한 남자처럼 '눈을 감고 있는' 나를 향해 음음한 뭔가가 접근하고 있는 것만 같았다.

무언가를 그저 보는 것과 그 이면을 읽어 내는 것은 철저히 다르듯, 눈을 뜬다는 것 역시 단순히 눈꺼풀을 여는 행동과는 다른 차원의 무게감을 지니고 있다는 사실을 일찌감치 알았더라면 좋았을 텐데. 심지어 그 경고는 내 아득한 무의식에서 힘겹게 빠져나와 다름 아닌 나 자신의 입에서 태어나지 않았던가. 눈을 떠 분명히 보고 있다고 여겼던 모든 순간은 오만이었다. 신은 내 무의식을 빌려 스스로에게 경고를 보내도록 하였으나 나는 눈을 감은 채 그것 역시 저주로 둔갑시키고 말았으니.

문을 열기 전까지 내부는 전혀 보이지 않았다. 나무 틀에 유리로 엮인 창은 안쪽의 두꺼운 한지에 먹먹히 가로막혀 있었다. 회반죽투성이 거리 복판에 외지인처럼 들어앉은 암적색 벽돌 건물에서는 틈새마다 커피 향이 촉촉하게 배어 나왔다. 공간 전체에 어쩐지 신묘한 구석이 있다고 생각했다. 나는 이런 데가 있었네, 하고 작게 읊조리고는 순간 뭉쳐 나온 입김 탓에 혼잣말이 들켰을까 봐 살짝 주위를 둘러봤다. 원체 얌전히 웅크리고 있는 골목 카페를 좋아하기는 해도 이곳에서는 그 이상의 미세한 공명 같은 게 느껴졌다. 나 자신의 고유한 주파수에 반응하는 파문이랄지.

애초에 목적지가 있었던 것도 아니기에 —그러고 보니 어디로 향하고 있던 걸까— 걸음을 멈추고 눈길을 잡아끄는 카페의 외관을 잠자코 탐색했다. 어쩌다 마주친 길고양이와 알 수 없는 시선을 교환하듯 얼마간 빤히. 적당히 정결하고 적당히 흠진 외양에 카페가 골목에 자리 잡고 있었을 시간을 좀체 가늠하기 어려웠다. 한글로 '레브'라고 흐릿하게 새겨진 자그마한 나무 문패 귀퉁이에는 작은 물고기 한 마리가 그려져 있다. 레브? 학생 때 취미로 프랑스어 공부를 잠깐 한 덕에 프랑스어라는 건 알았지만 뜻까지 선뜻 떠오르지는 않는다. 그저 의식 밑바닥 어딘가에 잠겨 있는 듯한 친숙한 단어다.

생각보다 무게감 있는 손잡이를 당겨 나무 문을 열었다. 삐걱거리는 소리를 내며 문틈이 벌어지자 찰나였지만 문을 연 게 내 선택이 아닌 것 같은 기분이 내면 깊은 곳에서 뭉근하게 감겨 왔다. 해수에 넘실대는 해초의 몸짓에 어떠한 의도도 담겨 있지 않듯 조금 전 내 시선과 걸음 역시 내 의지가 아닌 것 같았다. 안으로 들어서자 한층 짙은 커피 향이 파도처럼 덮쳐 왔다. 코끝만이 아니라 온몸을 장악해 버린 그 포근한 급류에 방금 스쳤던 위화감은 흔적도 없이 쓸려 나갔다.

목재 카운터 위쪽에는 암갈색 나무로 조각한 어린 물고기 두 마리가 투명한 나일론 줄에 매달려 허공을 유영하고 있었다. 베토벤의 피아노 협주곡 1번이 가게 전체에 물결처럼 휘돈다. 나는 이내 남들은 알아채지 못할 만큼 야트막하게 오른쪽 입꼬리를 들어 올렸다. 그래, 정말 바다구나, 생각했다. 손님은 나뿐이다. 나는 낯선 대양에 흘러들어 온 어린 물고기가 된 기분이었고 그 기분에 조금 더 몸을 적시고 싶었다.

카운터 저편에 있던 카페 사장은 레코드판이 잔뜩 꽂힌 장식장 근처의 탁자에서 뭔가를 적는 중이었다. 자신만의 갯바위에서 상념에 잠겨 있던 그는 출입문 종소리에 놀랐는지 홱 고개를 들고는 눈썹을 추켜올렸다. 이내 펜을 내려놓고 몸을 일으킨 사장은 커피 머신 옆에 걸려 있던 진한 남색 앞치마를 능숙하게 허리에 둘러 묶고서 천천히 카운터로 다가왔다. 서두르지는 않는다. 마치 자신이 이 바다의 주인이라는 것을 내보이듯 그의 걸음걸이는 여유롭고 흠잡을 데 없이 반듯했다.

생각보다 훤칠한 키에 마른 체형. 나이는 40대 중반쯤일까. 연한 회색과 파란색이 섞인 깅엄체크 셔츠는 목까지 꼼꼼히 채워져 있다. 머리는 반쯤 벗겨졌는데 다른 헤어스타일은 상상이 가지 않을 만큼 절묘하게 어울려 꼭 일부러 정수리 언저리를 지워버린 게 아닐까, 싶을 정도였다. 동그란 안경의 금빛 테두리는 아주 얇아 언뜻 보면 아무것도 쓰지 않은 것도 같다. 이내 고전 영화에서나 볼 법한 돌돌 말려 올라간 콧수염에 눈길이 고였다. 예술적인 곡선이다. 수염을 이렇게 기른 사람을 실제로 본 적이 있었던가. 나는 그 흥미로운 수염을 자세히 뜯어보고 싶은 호기심을 차단하며 가볍게 웃어 보였다.

"아, 기다리고 있었습니다."

카운터를 사이에 두고 마주 선 사장이 인사를 건넸다. 기다렸다는 말에 잠시 멈칫했지만 필시 다른 손님과 착각했겠거니 생각하며 지나가다 우연히 방문한 거라고 답했다. 호리호리한 체격과 달리 낮게 울리는 사장의 목소리에 나는 속으로 작게 경탄했다. 짧게 귓가에 머문 그의 나지막한 음성은 이국의 난바다에 잠겨 있을 깊이 모를 동굴을 떠올리게 했다. 그것 역시 그가 이 바다의 일부인 것처럼 여겨지게 만들었다. 무엇보다 '아'에 섞인 독특한 음정은 내 흥미를 돋우고 귓가에 앉아 몇 바퀴를 졸졸 맴돌았다.

"그러시군요. '이번에도'요."

내 얼굴을 몇 초간 잠자코 쳐다보던 사장은 말했다. 이어 줄곧 호의적인 미소가 걸려 있던 그의 얼굴에서 한순간 모스부호처럼 툭하고 끊어진 단속적인 공백이 느껴졌다. 아니, 그것과는 다르다. 그러고 보니 그는 웃고 있지 않다. 분명 웃음기가 있다고 생각한 입가에는 어떤 기울기도 담기지 않았다. 그의 표정은 그의 수염보다도, '아' 한 마디에 담긴 파형보다도 불가사의했다. 해석할 방도가 없는 먼 나라의 암호문처럼 나는 도무지 남자의 표정을 읽을 수 없다. 보고 있어도 보이지 않는다. 영문을 알 수 없는 노릇이다. 그의 불가지의 얼굴 앞에서 나는 글자를 처음 배우는 어린 아이나 마찬가지였다. 문득 내 당혹스러워하는 태도에 사장이 불쾌했을지도 모른다는 생각이 들자 서둘러 입을 뗐다.

"네, 착각하셨나 봐요. 근사한 카페라 손님도 많을 테니까요."

"글쎄요. 진정 근사한 게 뭔지 알아보는 이는 그리 많지 않지요." 사장은 말했다.

나는 여전히 아리송한 말만 잇는 사장의 얼굴을 잠깐 훑고는 어색하게 시선을 거뒀다. 허리 높

이의 카운터 정면에는 얇은 나무판자에 양피지를 덧댄 메뉴판이 놓여 있었다. 메뉴판이라고 부르기도 민망할 만큼, 넓은 여백 안에 적힌 건 '티' 하나뿐이었다. 나는 메뉴가 하나여도 시그니처라고 칭할 수 있을지 잠시 고민했다. 확실히 범상치 않은 곳에 발을 들인 모양이었다.

"아직 결정 못 하셨다면 천천히 머물다 가시지요. 밤은 기니까요." 사장이 말했다.

밤이라는 말에 가게 안 창문으로 눈을 돌렸다. 두툼한 한지가 붙은 창문 사이로 환한 햇살이 켜켜이 스며들고 있었다. 나는 어리둥절한 표정으로 다시 사장 쪽을 봤다. 그러나 거기에는 못지않게 복잡한 얼굴의 남자가 서 있을 따름이었다. 그의 말 대부분이 온전히 이해가 가지 않았지만 역시 괜한 트집을 잡고 싶지 않아 헛기침을 하고 어물쩍 말을 돌렸다.

"메뉴가 한 개라 어렵지는 않네요. 한 잔 계산해 주세요."

"아, 그건 파는 게 아닙니다. 그저 결정을 돕기 위한 작은 성의랄까요. 어차피 주인은 제가 아니니 원하신다면 얼마든지 드셔도 좋습니다만 여기

서 선택하셔야 할 건 오직 한 가지뿐이지요." 그
가 말했다.

여전히 그의 얼굴에는 웃음기가 서려 있는 한
편 웃음이라고는 일절 존재하지 않았다. 눈가와
입꼬리를 대신해 휘어진 건 인중 위의 수염이 전
부였고, 오직 안경과 굽이굽이 물결치는 수염만
이 그의 얼굴에 명징하게 속해 있는 요소였다. 금
테 안경 너머 눈이 놓인 자리에는 눈 대신 눈이라
는 관념만 존재했다. 얼굴이 있는 위치에는 얼굴
이라는 인식만 남아 있다. 메뉴판 앞에 선 손님으
로서 중요한 건 그게 아니었지만 당장 눈앞의 혼
란조차 처리하기가 벅찼다.

"메뉴가 아니라면 뭘 선택하면 되는데요?" 나
는 물었다.

이곳에서 정작 말이 안 되는 건 혹시 그가 아니
라 나인 걸까. 나는 자침을 잃은 나침반이나 다름
없는 기분이었다. 그는 아무런 말이 없었다. 그저
눈이 있어야 하는 자리에 있는 무언가로 나를 가
만히 들여다볼 뿐이었다. 그것은 내 안쪽의 어느
지점을 투명하게, 그리고 예리하게 관통하는 것
만 같았다.

"처음이라 잘 몰라서요."

나는 침묵을 견디지 못하고 한마디를 덧붙였다. 그는 제대로 설명해 줄 생각이 없어 보였다. 물론 애초에 그에게서 제대로 보이는 게 없기는 하지만.

"'이번에도' 말이지요. 아직 제대로 볼 의지가 생기지 않은 거겠죠. 눈을 뜬다는 건 퍽 성가시고 괴로운 일일지도 모르니까요. 하나 전 기다림을 제법 좋아합니다."

미동 없던 사장의 입가가 천천히 움직였다. 그가 말을 덧댈수록 대화는 점점 더 미궁 속으로 꼬여 들어가고 있었다. 시작과 끝, 입구와 출구가 뒤엉킨 미궁이다. 혼돈 속에서 내가 확실히 알 수 있는 것은 우연히 들어온 카페에서 이런 질문을 듣는 상황이 결코 일반적이지 않다는 사실이었다.

"죄송해요. 그냥 다음에 다시 오겠습니다."

나는 최대한 자연스럽게 이 공간을 벗어나기로 마음먹었다. 모든 대화가 부자연스럽고 껄끄러웠다. 아무래도 여기는 내가 있어야 할 곳이 아닌 듯했다. 사장에게 인사를 남기고 뒤돌아서려던 순간.

"오늘은 월광이 특히 유려하니 차담을 나누기에 제격이겠습니다."

묵중한 그의 음성이 내 움직임을 멈춰 세웠다. 돌아간 시선 끝에서 사장의 목소리가 한 번 더 울려왔다. 맥락 없는 말에 귀 기울일 이유는 없었지만 저런 음성을 뿌리칠 수 있는 사람이 대체 얼마나 있겠는가. 게다가 사장의 짧은 말에는 어떠한 악의나 심술도 담겨 있지 않았다. 나는 나를 붙잡고 있는 거라고는 아무것도 없는 곳에 멍하니 서서, 낯선 항구에 닻을 내린 배처럼 절로 정박해 버렸다. 그건 처음 이곳의 문을 열었을 때 느꼈듯 자의가 아닌 것처럼 여겨졌다. 나 자신이 그저 잘못 들어선 바다에서 허우적대는 물고기처럼 생각될 뿐이었다.

"잘 모르는 분과 차를 마실 이유는 없는 걸요."

"글쎄요. 문지기에게 기다림은 숙명이고 말씀드린 대로 저는 기다림을 좋아합니다만, 그것과 별개로 사실 우리는 아주 오래된 사이죠. 아, 무척 오래됐고 말고요. 오늘로 정확히 378번째로군요. 378번 모두 당신이 직접 찾아오셨고요." 그가 아까보다 상기된 목소리로 말했다.

"그럴 리가요. 저는 오늘 처음 뵀는데요."

스스로 찾아오다니. 누구라도 마찬가지일 테지만 저런 수염을 가진 저런 얼굴의 남자를 기억하지 못할 리 없다. 내가 지금 꿈을 꾸고 있는 게 아니라면.

"지난번에 만났던 곳은 런던의 프렌치 레스토랑이지요. 당신은 블루스 트리오의 공연을 무척 좋아하셨습니다. 콘트라베이스는 실수가 있는 편이었지만 전반적으로 조화롭고 수준급이었습니다. 그나저나 와인은 통 드시지를 않더군요."

런던에 가본 건 대학생 때 딱 한 번뿐이다. 오래전 일이기는 해도 실제로 그때 우연히 들른 레스토랑에서 공연을 봤던 건 아끼는 추억 중 하나다. 그를 거기에서 만났던가. 도무지 어디서부터 반박을 해야 할지 감도 안 잡히는 복잡다단한 상황에 갑자기 머리가 깨질 듯이 지끈거렸다. 심해 깊숙이 갇혀 버리기라도 한 것처럼 목구멍까지 소금물이 빼곡히 차오르는 느낌이었다. 숨이 따갑게 막혀 왔다.

"사장님 말을 하나도 이해할 수가 없어요. 문지기는 무슨 소리고 런던 일은 어떻게 아시는 건지,

제가 300번 넘게 찾아왔다는 건 또 무슨 얘기인지. 하지만 그보다 애초에 제가 어디에서 어떻게 왔는지도 잘 모르겠어요. 저는 대체 어디로 가야 하는 거예요?"

나는 시큰해진 코끝의 감각을 느끼며 사장에게 울분을 터뜨렸다. 이제 금방이라도 왈칵 눈물이 쏟아질 것만 같다. 두려움과 난처함, 막막함 중 어디에도 속하지 않는 실체 없는 감정이었다. 그런 감정이 내 안에 자리 잡고 있었다는 것조차 그동안 나는 인식하지 못했다. 이유는 알 수 없다. 이유를 알 수 없는 이유 역시 알 수 없다.

"아, 그 말씀을 얼마나 오래 기다렸는지. 앉으시지요. 차는 얼마든지 준비되어 있습니다. 오늘 같은 월광을 허투루 흘릴 수야 없지요."

구분할 수 없는 표정이 뭉그러진 그의 얼굴은 여전히 뒤죽박죽이었지만 그가 상당히 들떠 있는 것을 느낄 수 있었다. 이유야 이번에도 당연히 알 턱이 없다.

"밤은 기니까요." 그가 말했다.

· · · ·

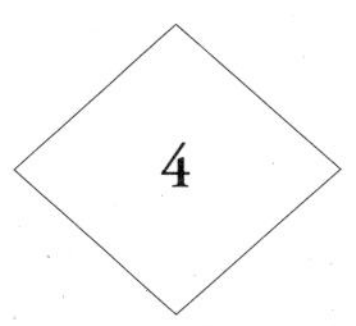

동갑내기 남자친구 이균을 보고 있으면 구름 한 점 없는 말간 하늘이 떠올랐다. 그 하늘은 청명하고, 포근하고, 섬세하다. 검은 새가 날아들면 검은 새를 보듬고 종이비행기가 다가오면 다정한 바람을 일으키는 그런 하늘이다. 그에게서 느껴지는 온도는 딱 36.5도. 그는 가장 인간적인 온도를 지녔다.

우리는 졸업 후 취업 스터디에서 처음 만났다. 광고 계열 취업이 목표였던 이균은 언론사 시험을 준비하는 나를 늘 추켜세웠고 그럴 때마다 초라한 내 기자 지망생 딱지는 실제로 꽤 근사한 것 같은 느낌이 들고는 했었다. 우리는 함께 긴 터널을 통과했다. 내가 원하던 신문사에 합격한 이듬해 이균도 바라던 회사에 붙었다.

"난 네가 가진 것 중에 네 이름이 제일 좋아. 해수, 홍해수." 이균은 말했다.

"난 별로야. 받침이 없어서 뭔가 그냥 흘러가버리는 느낌이라고."

"그러니까 정말 꼭 바다 같잖아. 그것도 청량한 옥색 바다가 아니라 되게 깊고 아무도 가 본 적 없는 진한 암청색 바다. 그래서 너랑 어울려."

그는 참 이런 말을 잘도 했다. 그래, 너는 내 하늘이었고 나는 네 바다였다. 우리는 그래서 늘 맞닿아 있었다.

"너 밖에서는 이런 말 하면 안 된다." 나는 낯간지러운 그의 말에 장난스레 대꾸했다.

"너한테나 그러는 거지. 나 회사에서는 거의 말도 안 하고 웃지도 않아. 친했던 사람들도 다 팀장 눈치 보느라 피하는 걸."

이균은 입가에 걸었던 미소를 흔적 없이 지우고 무미건조하게 답했다. 순간 푹 꺼진 그의 속눈썹이 파르르 진동했다. 입사한 지 이제 막 2년이 되어가던 이균은 두 달 전 새로 발령받아 온 팀장 때문에 끝나지 않는 악몽에 시달리고 있었다. 그 팀장은 다른 지사에 있을 때도 부하 직원 한 명을 못살게 굴어 끝이 너저분했다는데, 쫓겨나다시피 온 새 지사에서 명민한 막내로 예쁨을 독차지했던 이균이 눈엣가시였던 모양이다. 그는 앙심이라도 품은 것처럼 유독 이균에게만 악랄했다.

내게 다 털어놓았을 리도 없을 텐데. 대충 들어도 공개적인 모욕과 공공연한 폭언이 갈수록 심해졌다. 과한 업무 강요와 부당 지시는 물론이거니와 야근에 주말 근무까지 독박으로 몰아 시키는 통에 우리는 2주에 한 번 얼굴 보면 다행인 지경이었다. 다들 눈 밖에 나기는 싫었는지, 뒤에서는 손가락질하면서도 딱히 나서서 도와주려는 움직임도 없어 보였다.

"직장 내 괴롭힘으로 신고하자니까. 요즘 그런 거 잘 돼 있잖아. 너 그거 다 당하고만 있는 거 속상해 죽겠다고."

"정말 확 들이받아 버릴까? 솔직히 주먹으로 싸우면 내가 이겨." 이균은 얼굴에 스쳤던 그림자를 금세 가리고 짓궂은 얼굴로 답했다.

"네가 얼마나 원하던 직장인데. 오래 잘 다니는 게 중요하지 마냥 참는다고 능사가 아니라고. 계속 혼자 다 참고 뒤집어쓰고 있으면 내가 확 기사 써 버린다."

어떻게든 혼자 힘으로 해결해 보겠다고 하면서도 이균은 이런 식의 내 협박에 꼭 필요한 만큼의 위로를 얻는 듯했다. 그러나 갈수록 위태로워 보이던 그는 반대로 점점 고통에 무뎌지는 것처럼 보이기도 했다. 그래야 스스로가 견딜 수 있다고 여기기라도 하는 것처럼.

"어딜 가나 이상한 사람들은 있잖아. 힘들게 들어온 회사니까 할 수 있는 데까지 좀 더 버텨 보려고. 아무리 못살게 굴어도 내가 안 꺾이니까 그 팀장도 계속 그러는 거야. 자존심 상해서." 이균은 말했다.

오랜 공부 끝에 받아 든 꿈 같은 사원증이었다. 제대로 뿌리내리기도 전에 사회 초년생이 불미스러운 일의 중심에 서고 싶지 않은 마음을 이해 못하는 건 아니었다. 이균은 어떻게든 제 손으로 해결하려고 애썼다. 아주 오랫동안. 점점 버거워하는 느낌이 들기는 했지만 그는 단단하고, 따뜻하

고, 무엇보다 나를 비롯해 그를 사랑하는 사람들
이 울타리처럼 빽빽이 둘러싸고 있었기에 언제든
뭐라도 할 수 있을 거라고, 그는 괜찮을 거라고,
나는 자만했다.

"꼭 녹음을 해. 당장은 아니어도 언젠가 된통
당하게 해 줘야지, 시대가 어느 때인데. 마지막
경고야. 네가 못하면 나 진짜 나설 거야. 그런 인
간, 신문에 나와 봐야 정신 차리지."

"알았어. 진짜 마지막. 결국 내가 이긴다, 그깟
대머리 이혼남."

그렇게 이균은 되레 번번이 나를 달랬다. 근심
어린 표정과 말투로. 늘 배어 나오는 온기로.

"근데," 옆에서 내 머리를 헝클어뜨리며 장난
치던 이균이 손을 멈췄다. "만약에 내가 회사 그
만둔다고 하면 뭐라고 할 거야? 절대 그럴 일 없
지만 진짜 만약에."

나는 이균을 쳐다봤다. 잔잔한 호수 위에 떨어
진 낙엽이 여린 파문을 일으키듯 그의 눈동자가
맥없이 흔들린 것 같았다.

"그럼 내가 먹여 살리면 되지. 우리 젊고 능력
있는데 못 할 게 뭐 있어? 그 대신 나갈 때 나가

더라도 그 대머리 이혼남은 밟아 주고 나가야 해. 그게 조건이야."

나는 웃으며 농담을 던졌다. 그리고 이 평범한 농담 또한 다른 수많은 문장들과 마찬가지로 두고두고 가슴에 남아 심장을 찔러댈 거라는 걸 미처 알지 못했다. 공연히 장난기 묻힌 말이 오히려 더 모질고 아팠을까. 보다 포근한 말, 충분히 아늑한 말, 그를 닮은 기어코 안락한 다른 말이 있지는 않았을까.

만나기는커녕 통화할 기력도 줄어드는지 갈수록 목소리 한 번 듣기가 힘들었다. 뜸하게나마 연결되는 통화에도 버석하게 갈라지는 휴대폰 너머 한숨에 가슴이 먹먹했다. 미운털 박힌 자신 때문에 사무실 분위기가 팍팍해지는 것 같아 동료들에게 미안하다고, 감당하기 어려운 업무량에 매일 혼자 야근에 찌들어도 집에 가면 좀체 잠에 못 든다고, 딱 이틀만 푹 쉬고 싶다고, 그래도 잘 있다고, 곧 맛있는 거 먹으러 가자고, 네가 있어서 얼마나 다행인지 모른다고.

3주 만에 이균을 만났다. 나를 보자 마른 종이에 떨어진 물방울처럼 지친 얼굴에 서둘러 미소가 퍼졌다. 카페에 앉아 있는 이균에게 다가가던 그때, 심장이 덜컥 내려앉았다. 순식간에 척추를 타고 내장 사이로 번져드는 냉기. 그건 비유가 아니라 선명하기 그지없는 냉기였다. 나는 그 자리에 얼어붙을 수밖에 없었다. 여태껏 내가 아는 모든 5월의 밤에서 느꼈던 것 중 가장 싸늘하고 참담하리만치 냉혹한 기운이었다. 입김이 나오지 않는 게 신기할 정도로. 그건 이균에게서 한 번도 느껴본 적 없는 소름 끼치는 온도였다.

대체 그에게 어떤 변화가 생겼는지 온 힘을 다해 알아내려 했다. 불과 몇 주 만에 싱그러웠던 봄 하늘이 시커먼 눈구름에 뒤덮였다. 처음 맞은 한파에 온갖 초록이 무참히 꺾여 버렸다. 그러나 그의 어느 구석을 봐도 그다지 전과 달라진 건 없어 보였다. 좀체 드러내지 않았고 드러나지 않았다. 나는 불안했지만 이균은 평소와 다름없이 어깨에 기대며 자신만의 안전한 바다를 만나 안심하는 듯했고, 내 머리를 헝클고, 외려 나를 토닥였다. 그는 아무래도 팀장 때문에 올해는 여름휴가를 못 갈 것 같다고 말할 때조차 오히려 내 기분을 더 염려했다. 이번에도 끝내 아무것도 알아내지 못했다. 그와 나 사이에 등장한 겨울의 장벽은 그토록 거대했다.

　이균은 그로부터 닷새 뒤 회사 옥상에서 스스로 뛰어내렸다. 무척이나 맑은 5월의 어느 하늘 아래 내 하늘이 무너졌다. 예고 없이 겨울이 되어버린 어느 봄이었고, 어떤 봄도 그런 식으로 겨울을 맞닥뜨려서는 안 되었다.

카페 안 곳곳에는 붉은 벽돌색과 흰색이 섞인 작은 리넨 천 조명이 허리를 숙이고 빛을 더하는 중이었다. 홍해에 흰 파도 거품이 일렁이는 것처럼.

"중요한 건 상징입니다."

사장이 나와 자신 앞에 붉은 찻잔을 하나씩 내려놓고 앉으며 말했다. 파는 건 아니라지만 메뉴에는 적혀 있던 '티'다. 나는 별다른 대꾸를 하지 않은 채 달그락 소리와 함께 눈앞에 자리 잡은 찻잔의 오묘한 빛깔에 잠시 멍하니 현혹됐다. 담긴 액체는 물처럼 투명했고 잔 바닥에는 작은 물고기 한 마리가 그려져 있었다. 나는 가게 앞 문패에 그려져 있던 물고기와 카운터 위쪽의 암갈색 물고기 조각들을 떠올렸다.

"당신들은 대개 드러나는 것을 믿지요. 혹은 드러났다고 믿는 것들이나요. 생김새와 태도, 약속과 말투 또는 숫자와 소문, 권위와 명성 같은 것들 말입니다."

"그렇지만 실제로 그런 것들은 꽤 믿을 만하기

도 하잖아요."

나는 사장의 말에 답하며 조심스럽게 어린 물고기를 품은 찻잔을 움켜쥐었다. 따뜻할 거라고 생각했지만 아무런 온도도 느껴지지 않았다.

"아, 진정 믿어야 할 건 그 안에 담긴 상징입니다. 상징에는 색도 향도 기적도 담겨 있지 않지요. 본질은 절대 겉으로 나타나지 않습니다. 표정으로도 숫자로도. 그러니 손쉽게 드러나 보인 것들은 도저히 본질이라 할 수 없지요."

사장은 웃으며 말했다. 나는 여전히 그의 표정을 해독할 수 없지만 망연한 웃음소리가 들린 것만 같았다. 내가 그의 얼굴에서 어떤 것도 읽어내지 못하고 있는 건 그의 말대로 본질이라는 걸 보지 못했기 때문일까.

"의미는 알지만 이 세상에서는 많은 게 겉으로 드러나는걸요. 그런 것들로 평가를 하고 평가를 받죠. 그래서 더 그럴듯하게 드러나도록 마음을 쓰기도 하고 거꾸로 마음을 뺏기기도 하는 거 아니겠어요."

찻잔을 내려다보던 나는 작은 물고기가 헤엄치고 있는 투명한 차의 맛을 상상하며 물었다. 겉보기에는 정말이지 물이나 다름없었다.

"쉽기 때문입니다. 통찰 없이도 쉬이 보이는 얄팍한 것들이기 때문에 읽어내는 데 어떤 공도 들일 필요가 없죠. 그러니 그런 평가들이 지니는 '의미'라는 건 어린 딱새처럼 가볍기 짝이 없지요. 비슷한 성분의 물에는 비슷한 물고기들이 모여드는 법입니다. 보이는 것으로만 뭔가를 읽어내려 하는 자는 보이지 않는 어떤 것도 분별하지 못합니다. 당신이 제 표정을 읽지 못하고 이 차의 색을 알지 못하는 것처럼요." 사장이 말했다.

나는 흠칫 놀라 그를 바라봤다. 내 '본질'이라는 건 그에게 쭉 포착되고 있었던 모양이다. 그러나 반박할 도리는 없었다. 그의 말마따나 나는 줄곧 사장의 얼굴을 해석하지 못했고 듣자 하니 이 차에는 색이라는 게 존재하는 모양이니까.

"그럼 저희가 378번이나 만났다는 사실에는 어떤 상징이 담겨 있나요? 물론 그게 정말 사실이라고 가정한다면요."

나는 질문을 던지고 찻잔을 입에 가져갔다. 차는 따뜻하지도 시원하지도 않았다. 물처럼 아무 맛도 느껴지지 않았지만 어딘지 그것과는 다른 개

넘이었다. 맛이 없다는 걸 넘어서 아무것도 녹아 있지 않은 텅 빈 관념이자 실로 무無 그 자체였다.

"아, 좋은 질문입니다. 그건 당신이 378번이나 본질을 알아보지 못했다는 뜻이지요. 그걸 알아볼 수 있는 특별한 감을 지녔음에도요. 무척이나 특별한 감이랍니다. 하지만 저는 알 수 있습니다. 당신은 상당히 근접해 가고 있어요. 우리가 오늘 이렇게 마주 앉아 차를 나눌 수 있다는 것 역시 그걸 나타내는 상징이랄까요."

사장은 즐거워하는 것 같았지만 그와의 대화는 그의 얼굴만큼 내내 가장자리가 흐릿했다. 아득한 대화 탓인지 아니면 중저음의 부드러운 목소리 탓인지 이따금 정신이 농몽해지는 기분이 들었다. 일찌감치 그의 표정을 탐색하기를 포기한 나는 일단 실체를 분간할 수 있는 정교한 수염에 시선을 고정했다. 맛 '없는' 차가 담긴 찻잔만 만지작거리며.

"제가 그 본질을 알아보게 되면 무슨 일이 벌어지는데요?"

"당신의 세계가 움직이겠지요. 상징을 읽고 본질을 꿰뚫어 보는 인간의 세계와 그렇지 못한 인간의 세계는 하늘과 바다만큼이나 맞닿아 있으면서도 가없이 멀리 떨어져 있으니까요."

그가 고개를 살짝 까딱하며 말을 잇자 얇은 금테 안경이 가게 조명에 반사돼 반짝였다.

"세계가 움직인다는 건 좀 무서운 걸요. 상징이니 본질이니 하는 것들 몰라도 여태까지 잘 살아왔고요." 내가 말했다.

"모든 건 당신의 선택이랍니다. 대부분의 인간은 사는 내내 단 한 번도 정말 중요한 걸 보지 못하거나 보려 하지 않고, 혹은 보게 될까 외면하다 스러지지요. 떠밀려 다니는 건 죽은 것들도 할 수 있을 만큼 쉽습니다. 절대 다수가 그렇게 살아가니 왠지 그 길이 맞는 것처럼 느껴지기도 할 테고요. 그러나 진정 인간을 다음 국면으로 성장시키는 고통과 절망은 결코 쉬운 길로는 다니지 않는답니다. '눈을 뜬다'는 건 그런 것입니다."

"하지만 저는 아주 평범한 사람이에요. 다른 사람들과 마찬가지로요."

"비범한 걸 꿰뚫어 보는 눈은 대개 평범하답니다. 중요한 건 물리의 눈이 아니라 영혼의 눈이에요. 인간의 정신은 우주의 광대함에 버금갑니다.

자신들의 우주를 마음껏 누비며 탐험하느냐, 먼지 쌓인 서랍 속에 처박아 두느냐는 말씀드렸다시피 모두 선택에 달려 있고요. 본질의 형태는 꽃가루의 비행경로만큼이나 다양하지만 그걸 알아볼 줄 아는 인간은 글쎄, 얼마나 될까요. 고민이라도 한다면 그나마 다행이겠지요. 그렇게 태어나고 죽고 태어나고 죽고 삶과 죽음이 반복되는 겁니다. 이 얼마나 덧없는 일인지. 아름다움과 어리석음은 한 끗 차이랍니다."

사장이 말하고는 차를 한 입 마셨다. 입술에 투명한 물기가 묻어났다.

"하나 이 모든 건 당신의 세계에서 감당할 문제입니다. 이 세계에서 당신이 선택하셔야 할 건 오직 한 가지뿐." 잠깐의 침묵을 끝내고 그가 내 쪽을 응시했다.

"제가 그런 걸 알아볼 수 있을 거라는 생각은 들지 않는 걸요. 말씀하시는 본질이라는 게 뭔지도 여전히 모르겠고요. 그것보다 아까부터 궁금했는데 제가 여기서 선택해야 한다는 게 대체 뭐죠? 왜 계속 저를 기다렸다는 거예요?"

질문을 던진 나는 그를 따라 차를 한 입 마시고

는 이번에는 기필코 작은 맛의 입자라도 찾겠다는 마음으로 혀에 온 신경을 집중했지만 발견한 거라고는 '역시 아무것도 없다'는 사실이 전부였다.

"당신의 영혼은 아무것도 보지 못하는 당신을 대신해 이곳을 만들어 왔습니다. 378번 모두 스스로 찾아오셨고 저는 매번 다음번에 오실 당신을 기다렸지요." 사장은 갑자기 몸을 앞으로 기울이며 말했다. "저는 앞서 말씀드렸듯 그저 문지기일 뿐, 주인은 당신이시죠. 이 장소와 흐르고 있는 협주곡, 그리고 그 차의 아주 세밀한 부분까지 모두 당신이 직접 지어 만든 것들이랍니다. 정확히 말하면 눈을 뜨지 못한 당신을 대신한 당신의 무의식이 말입니다. 아, 이 환상적인 상징들을 좀 보세요. 제가 당신과의 다음 만남을 어쩌나 꼬박꼬박 기다렸는지 상상도 못 하실 겁니다. 제일 좋아했던 곳은 118번째로 만났던 푸른 장미 정원이었지요. 그때는 정말이지……."

사장은 고개를 좌우로 절레절레 흔들고는 두 손을 허공에 들었다 내려놨다. 그의 말투에서 흡족함이 물씬 묻어났다.

"여기를 제가 만들었다고요? 제가 무슨 수로요.

이런 걸 상상해 본 적도 없고 애초에 그런 능력 따위 갖고 있지도 않아요. 혹시 이건 꿈인가요?"

그때 가게 안의 조명 전체가 정전이라도 된 것처럼 짧게 명멸했다.

"당신이 택하셔야 할 건 행선지입니다. 머지않아 당신의 세계가 움직이면 가야 할 곳을 끝내 선택하셔야 할 때가 올 겁니다. 혹은 어디로도 가지 않거나요. 내심 그때가 너무 빨리 오지는 않았으면 좋겠네요. 저는 당신이 창조해 내는 것들을 무척 아끼거든요. 당신의 영혼을 영원히 붙들어 매고 싶을 정도로 말입니다."

그가 여태 거들떠보지도 않던 자신의 찻잔을 입이 있어야 할 곳에 가져가며 말했다. 나는 그의 잔에 담긴 것도 내 것과 같은 액체가 맞는지 궁금해 힐끗 살폈지만 잘 보이지 않았다. 그의 표정처럼.

"행선지라니. 어디로 갈 수 있는 건데요? 순간이동 같은 건가요? 그보다 왜 가야 하는 거죠?"

조급함이 담긴 내 질문 이후 가게는 또 한 번 번쩍였다. 짤막하고 분명한 어둠이 스쳐 갔다. 사장은 신경 쓰지 않는 것 같았다. 여기가 내가 만든 공간이라면 저런 것까지 나와 관련이 있다는 걸까. 모든 지점이 혼돈이었다.

"그건 당신이 제게 알려 주셔야지요. 전 문지기에 불과하니까요. 문지기는 행선지에 이르도록 알맞은 문을 열어 주면 그만이랍니다. 영원히 잠가 두거나요."

웃음기 섞인 사장의 눈이 가늘게 휘었다,고 나는 생각했다. 볼 수 없으니 확인할 길은 없었다. 사장은 미술관의 만족스러운 관람객처럼 가게 안 구석구석을 느리게 둘러보더니 여유롭게 찻잔을 내려놓고 음미하듯 덧붙였다.

"아, 그나저나 오늘따라 차 맛이 유독 깊군요. 좋아요, 아주 좋습니다."

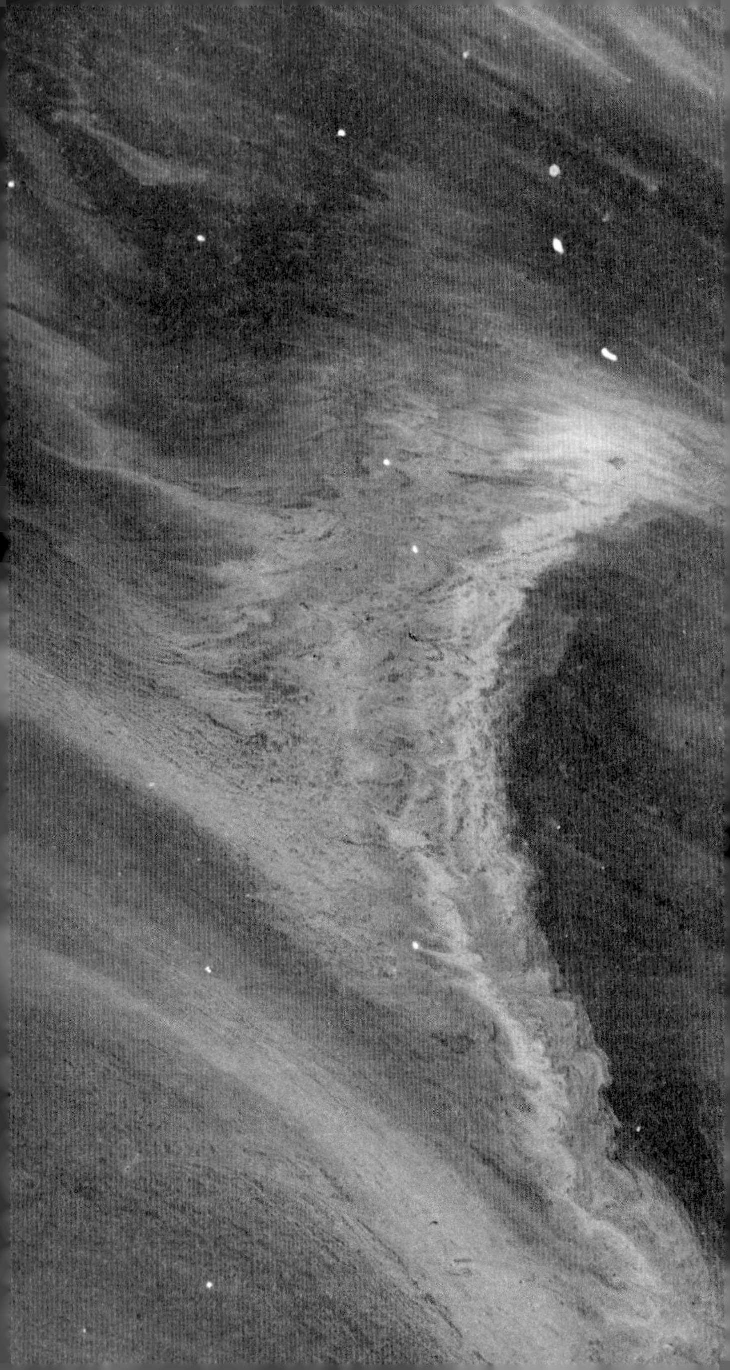

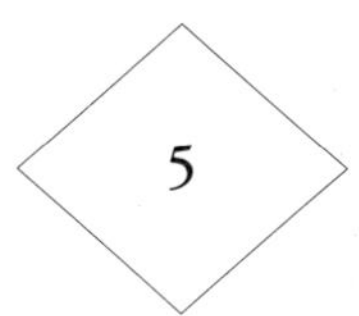

이균의 장례를 마친 뒤 나는 병든 짐승처럼 먹지도 마시지도 않고 스스로 파낸 동굴로 비틀비틀 기어 들어갔다. 회사에는 사정을 말하고 있는 대로 연차를 끌어 썼다. 하루아침에 하늘을 잃은 사람은 딛고 선 땅조차 원망스럽다는 걸 처음으로 알게 됐다. 촘촘히 엮여 있던 그와 나 사이의 모든 시간은 매분 매초 줄기차게 무너져 내렸다.

이균은 어떤 말도 남기지 않았다. 내게도 가족에게도. 자신을 그 높은 곳에 홀로 서게 밀어 넣은 팀장에게조차. 스스로를 죽이는 순간까지도 도저히 누구 하나 찌르고 할퀼 줄 모르는 온유했던 한 인간의 영혼이 산산조각 나 버렸다는 사실에, 우리의 봄이 파괴되었다는 사실에 심장을 유릿가루 위에서 마구 비벼대는 듯 무한히 아렸다.

그렇다. 그는 실로 온기 있는 사람이었다. 그러니까 이균을 마지막으로 만난 카페에서 느낀 시린 한기 말이다. 어두컴컴한 자취방 안에서 이불을 뒤집어쓰고 고치처럼 웅크리고 있다가 갑자기 뇌리를 가른 생각에 침대에서 벌떡 일어나 앉았다. 나는 이걸 그때, 이균에게 한겨울 칼바람을 느꼈던 그때 깨달았어야 했다. 내가 느낀 게 무엇인지. 그간 숱한 이들에게서 느꼈던 게 대체 무엇이었는지.

체질이니 온정이니 따위가 아니었다. 내가 느끼는 온도, 사람의 이름을 듣고 알게 되는 그 사람의 '무언가'의 정체는 바로 파괴된 영혼이었다. 정확히는 모르겠지만 한 인간의 영혼이 파괴된 정도, 온전한 핵을 지닌 한 인간의 영혼이 뒤틀렸을 때의 온도를 나는 알아챌 수 있었다. 체온 범위를 넘어선 비정상적인 온도는 바로 그 지표였다. 논리적으로 이치에 맞는 이유를 붙일 수는 없다. 말간 하늘 같던 이균의 영혼은 어느 순간 얼고 짓이겨져 기어코 사멸하고 만 것이다.

싱그러운 햇살과 뭇 생명을 품을 줄 알던 초록은 혹한의 추위에 덮여 무無가 되었다. 이균의 봄은 제 안의 것들을 지키며 버티고 버티다가 끝내 꺾이고 말았다. 그 봄이 마지막 생명을 잃어버린 순간 겨울이 온 것이리라. 아주 혹독하고 잔악한 겨울이. 그의 상처는 누군가를 집어삼킬 만큼 격렬하게 끓거나 벌컥벌컥 뜨거운 피를 쏟아내는 것이 아니었다. 이균은 그럴 수가 없는 사람이니까. 그가 택한 건 그리하여 겨울이었던 것이다. 그의 한기는 그렇게 끝까지 자신의 영혼만을 충직하게 집어삼키고 말았고 난 이균의 겨울을 녹여 주지 못했다. 어쩌면 나는 이 세상에서 가장 먼저, 그리고 유일하게 그의 영혼에 치명적인 손상이 갔다는 걸 알아차릴 수 있었을 사람인데. 그 사실이 나를 안쪽부터 미치도록 가혹하게 갉아먹었다.

하나둘 '온도'라는 것의 실체를 되짚던 나는 돌연 숨을 멈췄다. 호흡이 목구멍 안에서 막히고 고여 더는 이어지지 않았다. 동공이 팽창하고 귀에는 이질적인 이명이 쉴 새 없이 꽂혔다. 팔뚝을 따라 잘게 돋은 소름이 허벅지까지 순식간에 퍼졌다. 머릿속에는 동생의 얼굴이 스쳐 지나가고 있었다.

해윤아.

나는 주섬주섬 휴대폰을 찾아 전화를 걸었다. 조금 전까지 나를 짓누르던 이균의 상실을 덮고도 남을 만큼 영원 같은 신호음이 이어졌다. 그러나 기다리던 목소리는 끝내 나타나지 않았다. 일하느라 전화를 받지 못한 모양이었다. 곧 점심시간일 테니 연락이 올 때까지 오래 걸리지는 않을 것이다. 두 손은 의지와 상관없이 마구 떨렸다. 그저 빨리 동생의 목소리를 들어야겠다. 내가 원하는 건 그뿐이었다.

아직도 그즈음 해윤과의 대화를 생생히 기억한다. 해윤이 처음 '겨울 인간'이 되었을 무렵 말이다. 중간고사가 끝난 지 얼마 안 됐지만 늦은 저녁 학원 수업을 마치고 집 근처 독서실로 향하는 길이었다. 고등학생이 되었다는 부담감에 아예 독서실 정기권을 끊어 놓았었다. 덩굴이 덕지덕지 기어오른 독서실 앞 작은 나무 쉼터는 학생들의 소박한 휴식처였다. 여느 때와 다름없이 독

서실로 걸음을 옮기던 나는 별안간 제자리에 붙
박였다. 어스름이 짙게 깔린 어느 봄, 어울리지
않는 음산한 기운에 등줄기가 돌연 뻣뻣하게 경
직됐다. 냉기의 출처를 좇아 나무 쉼터 쪽으로 고
개를 돌렸다. 아무런 기척도 없던 공간에 그리 크
지 않은 그림자 하나가 우두커니 앉아 있었다. 덩
굴 무더기에 으슥하게 가려져 얼굴은 보이지 않
았지만 운동화는 낯이 익었다. 앞코가 어딘가에
긁혀 눈사람 모양으로 뜯겨 나간 자국이 선명한,
동생의 운동화였다.

"홍해윤?"

나는 천천히 쉼터 쪽으로 다가갔다. 겨울이 새
어 나오는 쪽으로.

"너 거기서 뭐 해?"

그림자는 꼼짝도 하지 않았다. 나는 잘못 봤나,
속으로 당황하던 참이었다. 어쩐지 해윤에게 느
껴지던 익숙한 온도가 아니었다.

"언니."

해윤의 목소리였다.

"왜 여기 있어? 나 기다린 거야? 연락을 하지."

한기는 역시 이쪽에서 흘러나왔다. 내 눈앞에

서, 익숙한 운동화를 신은 얌전한 그림자로부터.

"놀래켜 주려고. 근데 언니가 먼저 발견했네. 나 엄청 조용히 있었는데 어떻게 알았어?"

벤치에 앉아 있던 해윤이 웃으며 양발을 달랑달랑 허공에 흔들었다. 달라진 건 온도뿐, 표정과 말투 어디에도 특이 사항이라고는 전혀 없었다.

"그냥 네 신발이 보이더라고. 그 눈사람 모양으로 까진 부분. 근데 왜 기다렸어? 무슨 일 있어?" 나는 동생 옆에 앉으며 말했다.

아니, 아무 일도 없는데, 라고 답하는 해윤은 교복 차림 그대로였다. 학원은 진작 끝났을 테고 아무래도 밖에서 친구들과 늦게까지 놀다가 나를 만나려던 거라고 생각했다. 아무 일도 없다는데 왜 갑자기 싸늘한 냉기를 얻어버린 건지, 대체 이 온도는 뭘 뜻하는 건지, 좋은 건지, 나쁜 건지 그날도 나는 무지하기 짝이 없었다.

"너 놀다가 늦어서 혼날까 봐 같이 집 가려고 기다린 거지?"

"그런 거 아니야. 언니 놀라게 하려고 기다린 거야." 해윤은 입술을 샐쭉 비틀며 말했다.

"학원 끝나고 계속 여기에 있던 건 아닐 거 아

니야."

"나 오늘 학원 안 갔어." 해윤은 눈을 내리깔며 말하고는 고개를 돌렸다. 사람은 대개 뭔가 숨기는 게 있을 때 눈을 내리깔며 고개를 돌린다.

"안 갔다고? 왜?"

"장난이야. 가긴 갔어." 금방 천진한 눈이 나를 돌아봤다.

"뭐야, 솔직히 말해."

"진짜 갔어. 갔는데 머리가 너무 아파서 영어만 안 듣고 조퇴했어. 엄마한테 말하지 마. 처음 그런 거야."

나는 잠깐 해윤에게 생긴 찬 기운이 몸 상태와 연관이 있는 것일지 생각했다. 어쩐지 그럴듯했다.

"근데 왜 집 안 갔어? 그럼 여태 여기에 있었다고? 저녁은?"

"아, 엄마냐고."

해윤은 웃으며 내 어깨를 주먹으로 퍽 때렸다. 그 웃음은 이물감 섞인 위화감을 풍겼지만 그게 정확히 어느 지점에 속해 있는지는 도통 보이지 않았다.

"조퇴한 거 안 이를 테니까 일단 먼저 들어가.

나 딱 한 시간만 공부하고 나오려고.”

대답은 없었다.

“너 진짜 무슨 일 있지? 얼른 말해. 친구랑 싸웠어?”

위화감. 분명 뭔가가 틀어졌다. 늦은 봄날 저녁이었지만 나는 바로 옆에서 배어 나오는 한기에 줄곧 으슬으슬 몸을 떨고 있었다.

“뭘 싸워. 아무 일도 없어. 나 그럼 집 갈래. 대신 올 때 컵라면 사다 줘. 내가 좋아하는 거 뭔지 알지?”

해윤은 날 쳐다보지도 않고 갑자기 일어서서 걸어갔다.

“왜 갑자기 가. 알았어, 나 오늘 땡땡이칠래. 사실 학원에서부터 엄청 피곤해서 어차피 졸 것 같았어.”

“거짓말. 나 그냥 성연이랑 놀고 집 가는 길에 심심해서 온 거야. 가서 일찍 씻고 잘래. 진짜 머리 아파. 컵라면은 식탁 위에 올려놔 주면 고맙겠어.”

그렇게 붙잡을 새도 없이 해윤은 키득거리며 잰걸음으로 길을 건너 사라졌다. 나는 동생이 걱정됐지만 눈에 보이는 어떤 것도 어긋나거나 돌출된 게 없었기에 결국 대수롭지 않게 넘기고 말았다. 사실 대수로이 여겨야 했을 많은 것들이 지금껏 그렇게 하릴없이 넘겨지고 말았을까. 나는 알아봤다고 생각했던 온갖 것들의 실체에 실은 조금도 다가가지 못했었을까.

그날 해윤은 내가 필요했던 것이다. 위로든 조언이든 장난이든 어쩌면 그저 존재만으로든 뭐가 됐든 내 무언가가. 그러고 보니 동생의 겨울은 그때부터 쭉 이어졌다. 그게 시작이었다. 봄에도 겨울이었고 겨울에도 겨울이었다. 땡볕 아래에서도 장대비 속에서도 겨울이었다. 아주 오랜 시간이 흘렀지만 여전히 그 애는 겨울이고 나는 그게 동생에게 정착된 새 온도라고 여겼다. 내가 미처 대수롭게 여기지 않았던 아주 긴 시간 동안 말이다. 옛 기억에서 팔 뻗은 고통스러운 감정이 심장을 밟아 누르던 그때, 휴대폰이 울렸다.

"언니, 왜 전화했어? 나 바로 외근이라서 오래 통화 못해."

"오늘 늦게 끝나? 나 이번 주 내내 연차인데 오늘 네 방 가서 자도 되냐."

해윤과의 통화는 내가 이균의 죽음을 겪고 혼자 있을 시간이 필요하다 말한 뒤 며칠 만에 처음이었다. 나는 최대한 평소와 다름없는 태도를 유지하려 애쓰며 동생의 목소리를 살폈다. 보이지 않는 것의 형체를 짐작하는 건 매우 어려운 일이다. 특히 지금 같은 상황에서는 더더욱.

"자는 건 좀 그런데……. 나 대리님이랑 숙소 같이 쓰잖아. 왜, 많이 힘들어?"

"그러면 너 퇴근하고 같이 저녁 먹자. 계속 이런저런 생각이 들어서 혼자 있기 싫단 말이야. 늦어도 두 시간이면 가니까 저녁만 후딱 먹고 올게."

"알았어. 한 일곱 시쯤 될 것 같은데 괜찮아?"
작은 한숨을 내쉬며 해윤이 말했다.

"그래. 내가 회사 앞으로 갈게. 먹고 싶은 거 생각해 봐."

다행이다. 나는 나른하게 퍼지는 안도감을 인식하며 목구멍에 걸려 있던 뻑뻑한 숨을 게워냈다. 방금까지 숨통을 조이던 방 안의 두꺼운 공기가 서서히 흩어지는 게 느껴졌다. 전화를 끊고 휴대폰 화면에 깜박거리는 해윤의 이름을 보다 문득 동생이 마지막으로 활짝 웃었던 때가 언제인

지 기억나지 않는다는 사실을 깨달았다. 그건 짐
작할 수조차 없이 까마득한 어느 머나먼 과거의
사건처럼 여겨졌다.

인식하지도 못했을 만큼 미미하게 스쳐 지나간 흔적들이 꿈속에서 무겁게 표출될 때가 있다. 신경이나 썼는지, 내 무의식에 영향을 미치고 있었는지 미처 몰랐던 아주 보잘것없는 것들조차 말이다. 그런 사소한 게 그 정도일진대 고통이라고 분명하게 자각하고 있는 요소들은 스스로에게 대체 얼마나 심각한 손상을 입혀 왔을까. 보이지 않는 곳에서, 보이는 곳에서. 안에서, 밖에서, 끊임없이.

나는 이런 생각을 지금 꿈속에서 하고 있다. 나는 이게 꿈이라는 사실을 은연중에 인지하고 있다. 그렇게 믿고 있다.

녹색 잔디가 위엄 있는 카펫처럼 깔린 장미 정원이다. 눈길 닿는 모든 곳에 시푸른 장미가 넘실댄다. 푸른 장미라. 뭔가가 눈에 들어간 티끌처럼 잘게 신경을 건드린다. 장미가 원래 이런 색깔이었는지 기억나지 않는다. 가까운 장미 덤불로 가서 이파리를 자세히 관찰한다. 본색을 드러내려는

식으로 가만히 들여다본다. 가장 은밀한 심해에서
채취한 듯한 농익은 검푸름이다. 꽃잎 가장자리로
갈수록 어두운 채도가 섞여, 들여다보고 있자니
험악한 바다 동굴로 빨려 들어가는 것만 같은 기
분이다. 그 안에 뭐가 있을지는 아무도 모른다.

드넓은 정원에 사람이라고는 나뿐이다. 하늘은
금방이라도 울음을 터뜨릴 것처럼 어둑어둑하다.
짙은 먹구름이 짙은 장미 바다에 파도를 쏟아부
을 태세다. 바람은 불지 않는다. 그래서일까. 수
백만 송이 장미가 지천으로 깔려 있는데 이상하
게 어떤 향기도 느껴지지 않는다. 장미가 원래 이
토록 향이란 게 부재한 꽃이었는지, 역시 기억은
멀겋다. 이곳은 춥지도 덥지도 온화하지도 서늘
하지도 않다. 모든 온도의 층위가 완벽하게 균형
을 이루고 있다. 이렇게나 많은 꽃이 숨을 쉬고
있는데도 어쩐지 생명의 기운은 전혀 느껴지지
않는다. 무한히 고요하고 적막하다. 분명 온갖 게
존재하는 동시에 맹렬한 무無의 공간이다.

천천히 덤불 사이를 거닐던 중 까닭 모를 위화
감이 급습했다. 왠지 언젠가 와본 적이 있는 것
만 같다. 단서 하나 떠오르지 않지만 확실히 처음

이 아니다. 작은 기억의 파편이라도 끄집어내기 위해 주위를 둘러봤다. 저 멀리 분수 같은 형체가 보인다. 귀를 기울이니 물소리가 나는 것도 같다. 나는 걸음을 옮겼다. 내가 찾고 있는 게 뭔지는 알 수 없다. 그저 저 분수대를 향해 가야 한다는 직감이 등대처럼 내 발길을 이끌 뿐이다.

다가갈수록 조금씩 흰 분수대의 형상이 진해졌다. 큼지막한 물고기 석상이 입으로 졸졸 물줄기를 뱉고 있다. 돌로 만든 비늘 사이사이에는 묵은 이끼가 덕지덕지하다. 물고기를 지배한 세월의 주인들이다. 분수대 바로 아래 큼지막한 물그릇에는 각양각색의 신발이 잔뜩 쌓여 있다. 마치 신발을 수장시키는 곳이기라도 한 것처럼. 짝을 이룬 것도 있고 홀로 굴러다니는 것도 있다. 아주 낡은 운동화에 어린아이의 슬리퍼, 굽 높은 하이힐까지 온갖 신발이 포개져 야트막한 언덕을 이루고 있다. 나는 묵념이라도 하듯 넋을 잃고 신발들의 무덤 앞에 가만히 서 있었다.

그때 무덤 한구석에 자리 잡은 운동화 한 짝이 눈에 들어왔다. 나머지 한 짝은 어디 있는지 알 수 없다. 특이할 것 없는 극히 범상한 운동화였지만 내 시선은 얼마간 거기에 머물렀다. 잘 관리된 모양새라 앞코에 제대로 난 상처가 유독 선연했다. 어느 조심성 없는 주인이 아주 확실히 긁어먹은 듯하다. 찢어진 부분은 안이 채워진 숫자 8, 꼭 눈사람 모양 같다. 그건 흉해 보이기는커녕 오히려 타고난 표식처럼 느껴졌다. 나는 그 상흔에서 마치 어릴 적 헤어진 동네 친구 같은 익숙함이 감도는 게 의아했다.

그럼에도 나는 변함없는 타자였다. 내가 이곳에 있는 것과 마찬가지로 여기는 아무리 생각해도 신발에 걸맞은 장소 역시 아닌 듯하지만, 이미 이곳에서 나 자신이 무지의 총체로 여겨진 지 오래다. 묘한 기시감의 정체를 파악하려 해도 선은 부옇기만 하다. 그저 흉흉하고 음습한 기운이 온몸을 에워싸고 있다. 장미꽃 무더기에 파묻혀 느끼기는 영 쉽지 않은 감정인데. 어디로 가야 할지, 이곳에 뭘 하러 왔는지도 알 수 없던 나는 분수대에 걸터앉아 무연히 신발 무덤을 바라보았다.

"아, 이런 적은 처음인데요. 두 번이나 오시다니요."

나는 파들짝 놀라 뒤를 돌아봤다. 기척은 전혀

느껴지지 않았다. 무無의 시간을 가르고 어느 틈엔가 허공에서 낯선 음성이 튀어나왔다. 금테 안경을 쓴 날렵한 몸매의 남자다. 그는 내게서 몇 걸음 떨어진 쪽에 서서 분수대를 바라보고 있다. 머리숱은 부족하지만 옆모습을 장식한 콧수염만큼은 붓처럼 촘촘하다. 참으로 희한하게 말려 올라간 수염이다. '아'에 따라붙은 음성이 너무나 걸쭉했던 터라 한 글자에 불과한 것 치고는 말의 여운이 귓전에 꽤 오래 남아 울렸다.

"저를 아시나요?" 나는 물었다.

흰 유니폼에 암청색 앞치마와 암청색 보우 타이. 그는 이 정원의 주인일까. 그가 느긋하게 내 쪽으로 고개를 기울였다.

"여길 또다시 오게 될 줄이야. 지난번에 뵈었을 때 118번째로 만난 곳이 가장 좋았다고 애기한 걸 기억해 주신 걸까요. 두 번째는 없을 거라고 여겼었는데 무척 기쁘군요."

그건 내 질문에 대한 답이 아니었지만 그는 조금도 개의치 않는 듯 음조에 웃음기를 머금고 말했다. 그러나 그 웃음기 속에 웃음이라는 것도 포함되어 있는지는 확신할 수 없었다. 그의 얼굴은 안개가 잔뜩 낀 새벽 거리처럼 멀고 희붐했으니까. 웃고 있다는 것도 어디까지나 짐작에 불과했다. 나는 얼빠진 표정으로 그를 말없이 바라봤다. 제대로 보이지도 않는 얼굴임에도 낯설지 않은 까닭을 왜인지 설명하기란 불가능했다.

"흥미로워요, 아주 흥미롭습니다."

그가 두 손을 가슴팍 앞으로 모으고 양 손가락을 차례로 맞대며 흡족한 말투로 덧붙였다. 그는 나에게 흥미를 갖고 있다. 생물로서의 감으로 알 수 있다. 그 점이 다소 불안하면서도 내 안에서 미지의 인력이 꿈틀대는 게 느껴졌다.

"여기 주인이신가요?" 내가 물었다.

"이 정원의 주인은 어느 모로 보나 당신이지요. 그나저나 이건 대체 무엇을 비추는 걸까요. 상징이요, 상징 말입니다. 지금까지 단 한 번도 같은 공간에 들어선 적이 없었는데요." 그는 씨익 한쪽 입꼬리를 늘어뜨리며 신이 난 듯 말했다.

"아, 당신의 세계에 필시 변화가 생긴 것이로군요. 변화라. 그렇다면 대체 무엇이 그 세계를 움직였을까요. 아주 간절하고 진심 어린 무언가일 텐데 말이지요."

• • •

남자가 말했다. 그의 눈이 있을 걸로 예상되는 자리에서 예리한 광원이 내 쪽을 꿰뚫고 있었다.

"그게 다 무슨 소리죠? 이건 꿈이잖아요. 꿈인 걸 알고 있어요. 근데 뭐랄까, 와본 기억이 있어요. 아마도 실제로는 가본 적 없지만 꿈에서만 종종 등장하는 그런 장소일 테죠?"

남자의 의뭉스러운 말에도 불구하고 나는 언제든 마음만 먹으면 이 꿈에서 깰 수 있을 거라는 생각에 괜스레 안도하며 대꾸했다. 맞다. 나는 이게 꿈인 걸 알고 있다. 눈을 뜨면 물비늘처럼 흩어지고 말 실체 없는 세계일 뿐이다.

"꿈이라. 글쎄요. 그렇기도 하고 아니기도 합니다. 무의식이 지배한다는 점에서는 비슷하지만 결정적인 차이가 하나 있지요." 수염 남자가 자신의 수염 끝을 만지작거리며 말했다. "꿈은 깨고 나면 사라지지만 레브는 당신의 영혼이 살아 있는 한 영원히 존재한답니다. 모양과 형태를 바꾸고 감촉과 분위기가 달라져도 레브는 사라지는 게 아닙니다. 안타깝게도 대개의 인간과 그들이 지닌 영혼은 자신의 레브에 닿지 못하지만요. 가는 길도, 갈 방법도, 가야 할 이유도 모르는 탓입니다. 그들의 문지기는 한평생 문손잡이 한 번 당겨보지 못하고 심연으로 사라지지요. 무無로 유리되는 겁니다. 아, 그러니 379번이나 기회가 있었던 저는 얼마나 행복한 걸까요. 당신의 영혼은 당신이 목적지를 선택할 수 있도록 끊임없이 이곳을 찾아내고 있고 바로 오늘, 379번째에 이르러서야 뭔가가 당신의 세계를 움직이는 중입니다. 저는 알아요, 알 수 있습니다." 그는 숨 한 번 쉬지 않고 허무맹랑한 소리를 늘어놨다.

레브라는 단어를 들어본 적이 있다. 내가 지닌 의식 너머의 어떤 부분은 분명 그 단어를 알고 있는 듯했다. 나는 그의 말을 듣고 있고 그가 사용하는 모든 말의 뜻을 알고 있지만 그 사이에는 도저히 이해라는 게 파고들 여지가 없었다.

"그게 여기 이름이군요. 그럼 여긴 꿈보다 약간 더 복잡한 곳인 건가요."

입술을 움직이던 나는 '이름'이라는 말을 내뱉자 둔탁한 기운이 목덜미에 내려앉은 것 같은 착각이 들었다. 이름. 이름을 안다는 건 꼭 예사롭지 않은 일처럼 느껴졌다. 설명하기 어려운 아주 무거운 의미. 버겁고도 버거운 의미. 그러나 그 감촉은 이곳에서의 다른 모든 난해한 것들에 뒤섞여 좀체 모습을 드러내지 않았다.

"그렇다고 할 수 있습니다. 의식과 무의식이 맞물려야 하니 꿈결에만 찾을 수 있지만 레브에 이르기 위해서는 거기에서 한층 더 깊이 파고들어야 하지요."

"그 이름을 들은 적이 있는 듯해요. 이상하게 당신도 조금 익숙하고요. 저는 아마 당신을 알고 있는 것 같아요. 실례지만 당신의 이름을 알 수 있을까요? 그럼 뭔가 떠오를 것도 같은데."

"저는 그저 문을 여는 자일 뿐 이름 같은 건 없습니다. 인간들은 그 몇 글자에 온갖 휘황한 이유를 갖다 담고는 하지만 사실 이름은 새벽안개 같은 허울이지요. 억만금을 들여 지은 이름이나 발에 채는 돌을 보고 대충 짠 이름이나 새벽안개에는 새벽안개 정도의 무게만 담겨 있을 뿐입니다. 중요한 건 이름 너머, 이름이 지키는 영혼입니다. 마음을 지닌 모든 생과 명에 붙은 이름에는 그것의 영혼이 번져 묻는답니다. 애초에 제게는 생도 명도 혼도 존재하지 않으니 이름이라는 게 따라오지도 못하겠군요. 그러니 당신의 이름을 소중히 하세요. 이름을 안다는 건 그 이상의 의미를 지니니 말입니다. 그 점은 누구보다 잘 알고 계실 테지만요. 아직 알고 있다는 사실까지 알지는 못하신 것 같지만." 남자가 말에 잔잔한 웃음소리를 섞었다.

"너무 어려워요. 하지만 당신 말대로 어쩐지 이름에는 그 이상의 의미가 담긴 것 같은 기분이 들어요. 제가 뭔가 중요한 걸 놓치고 있는 것 같아요. 알고 있다는 사실을 알지 못하는 것처럼 제가 모르는 게 뭔지도 도저히 모르겠어요. 저한테 당신이 알고 있는 걸 알려 주세요." 나는 가늘게 떨리는 스스로의 목소리를 체감하며 말했다.

"아, 거의 다 왔군요, 거의 다 왔어요. 제 행복도 끝을 향해 달리고 있군요. 당신에게는 잘된 일이지만 문지기에게는 실로 서운한 일이 아닐 수 없습니다. 영원한 건 레브일 뿐, 문지기의 소명은 단 한 번 문을 여는 것으로 끝나니까요."

아쉬움이 만연한 목소리로 그가 말했다. 그는 뭘 아쉬워하는 걸까. 그의 목소리가 공기 중으로 나른하게 퍼질수록 나는 또렷하게 그의 얼굴을 보고 싶었다. 보고 있지만 당최 보이지 않는 보얀

이목구비를.

"하지만 저는 아무것도 알아낸 게 없는걸요."

모든 걸 알고 있는 듯한 수염 남자 앞에서 나는 아까 본 물고기 석상이 된 것 같은 기분이 들었다. 물고기 동상이 나보다 더 많은 걸 알고 있을지도 모른다.

"능력 있는 문지기라면 이런 기회를 놓치지 않지요. 가장 아끼는 푸른 장미 정원에 두 번이나 오게 된 이런 날을 말입니다." 그는 두 손을 가볍게 비비며 말했다. "자, 알아볼까요. 대체 무엇이 당신의 세계를 움직였을까요. 이곳을 만들고 당신을 이르게 한 건 당신의 영혼이고 길을 묻는 건 문지기죠. 이제 당신 차례입니다. 상징을 찾으세요. 떠올리세요. 왜 여기일까요. 당신이 이곳에서 봐야 할 것은 무엇일까요."

그는 흥분한 것 같았다. 마치 기나긴 세월을 오늘만을 위해 존재해 왔기라도 했던 것처럼.

"그게 무슨……."

나는 그가 제발 제대로 된 설명을 해 주기를 바랐지만 그는 그럴 생각이 없어 보였다. 정말 그래 보였다.

"아뇨, 아닙니다. 문지기의 말을 들으세요. 들리는 것 이상을 들어야 하듯 보이는 것 너머를 봐야 합니다. 우리는 오늘을 놓쳐서는 안 됩니다. 이번은 지난번과 달라요. 마음이 찢어지는 것과 영혼이 바스러지는 건 푸른 장미와 붉은 산호만큼이나 다른 겁니다. 푸른 장미는 신호입니다. 아주 중대한 신호지요. 오늘을 놓치면 당신의 영혼에 영영 회복할 수 없는 큰 결락이 생길 겁니다. 손상되어 다시는 재생할 수 없을지도 모릅니다. 그러니 떠올리세요. 찾으세요. 이곳에서 당신이 봐야 했던 것, 진정 알아차렸어야 하는 것은 대체 무엇일까요."

지난번? 나에게 전에도 이런 선택을 할 수 있는 기회가 있었던 걸까? 나는 무심코 그의 말대로 눈을 감고 찬찬히 이곳에 온 첫 순간부터 떠올렸다. 정신을 차리자마자 보인 녹색 잔디와 암청색 장미, 휑한 정원, 거뭇한 하늘, 흰 분수대, 초연한 물고기 조각상, 오래된 이끼, 물속의 신발 무더기, 슬리퍼와 하이힐, 앞코가 까진 운동화, 8자 모양, 아니, 눈사람 모양 상처가 나 있던, 운동화. 그래, 어쩐지 그 운동화가 친근했다. 왜지. 왜일까. 어디서 본 걸까.

"눈사람. 눈사람 운동화." 나는 조용히 어물거렸다.

"이 물에 잠긴 신들의 무덤을 만든 사람 또한 당신이지요. 그렇다면 이것들은 뭘 상징하는 걸까요. 그 운동화는 왜 여기에 있을까요. 눈을 뜨고 봐야 합니다. 봐야 하는 것, 진정 중요한 것을요."

그의 목소리가 아까보다 요연하게 느껴졌다. 말소리를 줄이기라도 한 걸까. 아니면 시간이 지날수록 목소리도 희뿌연 그의 얼굴을 닮아가는 걸까.

"이 운동화를 본 적이 있어요. 분명 알고 있는데……."

혼란스러웠다. 잡힐 듯 잡히지 않는 실오라기 하나를 잡기 위해 아무것도 보이지 않는 어둠 속에서 얼간이처럼 휘적대고 있는 기분이었다.

"아, 저는 오늘을 결코 잊지 못할 겁니다."

그는 갑자기 탄식을 내뱉었다. 그의 목소리는 점점 더 작아지고 있었다. 이러다가 완전히 소멸해 버리고 말 것처럼.

"이곳도 당신도 이 운동화도, 다 제 안 어딘가

에 있는 것들인데……."

"지난 379번의 만남 모두 제게는 크나큰 영광이었습니다. 이 환상적인 상징들을 두 번 다시 못 볼 거라고 생각하니 신이 원망스러울 정도랍니다."

그의 목소리가 몽땅 사라질까 봐 두려웠다. 그가 없어지면 나는 뭐 하나 선명하지 않은 이 알 수 없는 곳에 외따로 고립되고 만다. 겁이 났다. 목이 바싹바싹 타들어 갔다.

그때 아주 가늘고 차가운 얼음송곳 하나가 내 관자놀이를 순식간에 관통하고 지나간 것만 같았다. 그 첨예한 기운에 눈을 번쩍 뜬 순간 운동화의 정체가 떠올랐다. 나는 기억해 냈다. 그리고 답은 오직 하나뿐이었다. 내가 봐야 할 것이 무엇인지, 아니, 가야 할 곳이 어디인지.

"드디어 이런 날이 오는군요. 이 슬프고도 찬란한 날이 끝끝내 오고야 말았습니다. 이제 문지기는 질문을 해야 할 차례입니다. 마지막으로 여쭙지요."

그는 주체할 수 없을 만큼 격앙된 말투로 말했다. 목소리는 이제 한 줌도 채 남지 않았다.

"어디까지 가시겠습니까."

"해윤이가 망가졌어요. 거기로 가야 해요. 제 동생을 구해야 해요."

• • • •

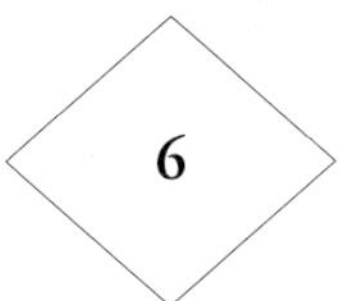

마음을 쏟는 것에는 대가가 따른다. 일종의 위험 부담이랄까. 제일 아끼는 립스틱은 매일 들고 다녀 가장 자주 잃어버리고, 좋아하는 비 냄새를 따라 흙 너머로 올라온 지렁이들은 끝내 달궈진 인도 위에서 타 죽고 만다. 차라리 적당히 아끼고 적당히 마음을 쏟는다면 더 오래 지속할 수 있을 텐데, 하고 나는 해윤에게 향하는 차 안에서 생각했다. 그러다 이균을 생각하고, 내가 무척 아끼고 좋아하는 숱한 다른 것들을 생각하고, 다시 해윤을 생각했다.

가는 동안 해변에서 예쁜 조약돌을 골라내듯

꺼내야 할 말들을 고르고 골랐다. 앞다투어 튀어
나오고 싶어 하는 자음과 모음의 편린을 차분히
잠재우고 가장 정제되고 매끄러운 것들만 남겼다.
해윤이 겨울 인간이 된 이유를, 영혼 어딘가가 치
명적인 상처를 입은 이유를 그 오랜 세월 숨기고
있었던 건 왜일까. 다름 아닌 나에게조차 털어놓
을 수 없었던 까닭을 아주 오랜 시간이 흐른 뒤에
야 확인하러 가는 길 위에서 나는 입술을 잘근잘
근 씹으며 천근 같은 한숨을 토하고 또 토했다.

　식사 내내 이렇다 할 대화라고는 없었다. 적당
히 가벼운 문장들이 무심하게 제 할 일을 끝내고
뿔뿔이 사라졌다. 한적한 근처 카페로 자리를 옮
긴 뒤에도 둘 사이에 똬리를 튼 악의 없는 약간의
경계심이 줄곧 이어졌다. 공기 중에는 미묘한 긴
장감이 깔려 있었다. 영리하고 세심한 아이다. 내
가 이렇게 불쑥 달려와 뜬금없이 밥 타령을 하는
데는 다른 이유가 있을 거라고 짐작하고 있을 터
였다.
　왠지 동생의 온몸에서 뿜어져 나오는 겨울의
기운이 전보다 짙어졌다고 생각하며 나는 평소

보다 곱절은 떨고 있었다. 이 떨림을 부추기는 건 단순히 한기만이 아니었다. 불필요한 말로 상황을 흩트릴까 겁이 났다. 동생이 긴 세월 도저히 나눌 수 없었던 무언가를 이제 와서 나와 나누려할지, 오히려 내가 한 번 더 가시 돋친 쐐기를 박는 건 아닐지 무척이나 두려웠다.

해윤은 얼굴을 돌리고 어두침침해진 창 너머의 흔들리는 불빛들을 멍하니 보고 있었다. 따뜻한 찻잔을 감싸 쥐고 잔 안의 작은 파형에 공연히 시선을 고정하고 있던 나는 고개를 들어 그 옆모습을 바라봤다. 저 안일한 일면 어디에서 이토록 시린 칼바람이 벼려졌을까, 생각하자 시큰한 기운이 코허리까지 번졌다.

"사실 물어볼 게 있어서 왔어."

"물어볼 거? 전화로 말하면 되지 뭘 여기까지 오냐. 많이 힘들어 보여서 걱정했잖아. 이균 오빠일 때문인 줄 알고." 해윤은 유난이라는 듯 가벼이 웃으며 말했다.

"아주 틀린 말은 아니야. 이균이 일 겪고 나서야 생각난 게 있거든. 정확히는, 알게 된 게." 나는 목이 조여드는 느낌을 억누르며 말을 이었다.

⋯⋯

"기억나? 나 고등학생 때 한동안 독서실 끊어서 다닌 거."

"뭔 얘기를 하려고 10년 전 얘기를 꺼내. 알지. 근데 그게 이균 오빠랑 무슨 상관인데?"

해윤은 예상보다 시답잖은 서두에 안심이라도 했는지 소파 뒤로 몸을 푹 기대고는 붉은 잔에 담긴 차를 홀짝였다.

"하루는 네가 독서실 앞에서 나 기다렸었잖아. 놀래켜 준다고. 그날 머리가 아프댔나 배가 아프댔나, 아무튼 아프다고 학원에서 조퇴했다고 했어. 근데 나 만나고 얼마 뒤에 갑자기 그냥 집에 가 버렸지."

나는 어색한 표정을 들키지 않기 위해 괜히 찻잔에 마른 입술을 갖다 대며 물었다. 자연스러워 보이게, 지나치게 아슬아슬한 감정은 드러나지 않게. 해윤은 내가 왜 그날을 콕 집어 물었는지 되묻지 않았다. 이미 이유를 아는 사람은 굳이 되물을 필요가 없는 법이다. 오래 전 감춰진 혹은 스스로 숨어버린 쓸쓸한 기억 하나가 이제야 그림자 밖으로 서서히 고개를 들어 올리고 있다는 걸 알 수 있었다. 눈앞의 겨울이 조금 전보다도 한층 깊어진 느낌이 들었다.

"기억 안 나는데. 언제 적 얘기야."

뜸 한번 들이지 않은 퉁명스러운 대답이 돌아왔다. 이미 수차례 이 질문에 대한 답을 생각해 놨기라도 한 것처럼 준비된 태도였다. 목소리만 들었다면 실제로 완전히 믿어 버리기 충분한 어투였지만 나는 거미줄이 솔바람에 휘청이듯 한순간 힘없이 흔들린 동공을 보았다. 그건 알아보려 애쓰지 않았다면 알 수 없었을 만큼 가느다란 움직임이었다. 그런 떨림을 본 적이 있다. 맑간 하늘 같던 어떤 사람의 마지막 얼굴에서, 어느새 한겨울이 되어 버린 봄을 닮은 남자에게서.

"그때는 대수롭지 않게 넘겼어. 별일 아닐 거라고 여겼고 뭐가 문제인지 잘 몰랐거든. 근데 이균이 일 이후에 문득 그날 일이 떠오른 거야. 그리고 나는 왠지 네가 그날부터 뭔가, 그러니까 뭔가 아주 고유한 부분이 달라진 것 같은 기분이 들어. 그래서 어쩌면 네가 그 늦은 시간에 나를 만나려고 독서실 앞에서 기다리던 이유가 따로 있었던 게 아닐까 생각해. 너는 할 말이 있었던 거야. 그렇지?"

• • •

나는 최대한 담담하게 말하려 애쓰면서 단어 하나하나를 꾹꾹 뭉쳐 뱉었다. 그럼에도 테이블 아래로 숨긴 손의 주체할 수 없는 떨림은 어찌 할 도리가 없었다. 떨림을 진정시키려고 두 손을 세게 맞잡았지만 전혀 도움이 되지 않았다.

"싱겁기는. 10년 전 일을 이제 와서 갑자기 왜 생각해." 해윤은 자신이 번번이 말해 왔듯 정말 아무 일도 없었다는 식으로 너털웃음을 치며 말했다. "언니가 오빠 일 겪고 괜히 나한테까지 부채감 갖고 있는 것 같은데, 고작 중학생이 뭔 일이 있었겠어. 아, 그러고 보니 생각난다. 나 그날 윤승인가 승연인가 누구랑 살짝 다퉜을걸. 그래서 확 조퇴했던 것 같은데. 사춘기 감정싸움 정도였지, 뭐."

해윤은 지금 이 대화를 원치 않는다. 그날의 기억에 깊게 뿌리 내린 정체 모를 암연이 해윤을 막아서고 있다. 아주 오랫동안 그것은 줄곧 동생의 어딘가에 뿌리 내린 채 빛이란 빛을 모조리 어둠으로 물들이고 있었을 것이다. 그렇게 끝끝내 겨울이 도래했으리라. 의연해 보이려 애쓰지만 살짝 격앙된 호흡과 불안 서린 눈동자를 통해, 빳빳

• • •

하게 굳어 잘 올라가지 않는 한쪽 입꼬리를 통해 나는 직감했다.

"해윤아, 그날 정말 무슨 일이 있었다면 내가 알아차리지 못해서 미안해. 그러니까 사실대로 얘기해 주라. 우리 이제라도 같이 해결해 보자."

내가 보고 있는 건 어린 동물의 겁에 질린 눈이었다. 손 내밀면 얼마든지 그걸 잡을 줄 알았던 동생은 꼬리를 말고 처절히 자신의 벽 안으로 기어들어가고 있었다. 그 벽은 무엇으로도 부술 수 없을 만큼 견고했다. 해윤은 그때 일을 말할 생각이 추호도 없었다.

"무슨 소리를 하는 거야. 그만해, 언니." 잔뜩 우그러진 동생의 미간에서 짜증이 솟구쳤다. "나 잠깐 화장실 좀."

해윤은 갑자기 벌떡 일어나 뛰다시피 하며 자리를 벗어났다. 10년 전 독서실 앞 나무 쉼터에서 별안간 돌아섰던 뒷모습이 떠올랐다. 어쩌면 그게 동생의 금 간 마음을 치유할 마지막 기회였을 수도 있다는 걸 도저히 몰랐다. 정말 그랬다. 오랜 세월이 흐른 뒤에도 여전히 입을 다문 겁먹은 뒷모습 앞에서 이번에는 나 또한 마찬가지로 겁에 질려 있었다.

해윤은 한참이 지나도 돌아오지 않았다. 걱정이 돼 슬며시 화장실 문을 열고 안을 들여다봤다. 문이 잠긴 건 딱 한 칸. 그 안에서는 쉴 새 없이 부자연스러운 소리가 흘러나오고 있었다. 제 안을 다 끄집어내는 소리, 뒤틀린 무언가가 내장 깊은 데서부터 머금었던 양분을 모조리 게워내는 뒤집힌 소리였다.

쿵쾅거리는 심장 소리를 죽이고 마치 지구 반대편까지 떨어진 듯한 자리로 꾸역꾸역 서둘러 돌아왔다. 무서웠다. 동생이 맞닥뜨렸던 치명적인 과거의 어느 지점에 나는 털끝만큼도 가닿지 못하고 있었다. 10년 전에도 지금도 여전히. 어쩌면 앞으로도 영원히.

"방광 터질 뻔했네."

몇 분 뒤 해윤이 머쓱하게 머리칼을 매만지며 걸어왔다.

"화장실에서 잠든 줄 알았다."

얼마간 정적이 흘렀다. 나도 해윤도 어렴풋이 이유를 알고 있었다. 서로가 이유를 알고 있다는 것도 알고 있었고, 또 그 사실 역시 알고 있었다.

••••

"아까 물어봤던 거 말인데……."

나는 적막을 깨고 해윤의 표정을 살피며 물었다. 더 이상 돌려 말할 수는 없었다. 이미 너무 멀리 돌아왔다. 겨울이 된 인간의 끝이 결코 봄이 아니라는 걸 알고 있었기에 지체할 여유 따위 사치였다.

"언니, 진짜 왜 그래. 나 이런 얘기 하고 싶지 않아."

갑자기 해윤의 감정이 망망대해의 폭풍처럼 요동쳤다. 커다란 눈망울에 순식간에 물이 차고 넘쳤다. 겁이 난다는 게 뭔지 단 한 번도 제대로 알지 못했던 사람처럼 겁이 났다. 내내 온몸을 지배하고 있던 겁이 둑이 터지듯 몰아쳤다. 소금기가 잔뜩 깔린 그 물살에 휩쓸려 정신을 잃을 것만 같았다. 동생은 눈앞에서 어미 잃은 새끼 고양이처럼 어깨를 바들바들 떨고 있었다. 그렇게 두 손으로 얼굴을 가리고 한참을 흐느꼈다. 나는 어쩔 줄 몰라 하며 속으로 계속 같은 말을 되뇌었다. 세상의 모든 신에게 빌었다. 제발 이 애를 도울 수 있게 해 주세요, 늦었지만 너무 늦은 건 아니게 해 주세요, 부디 이번에는, 이번만큼은.

그렇게 몇 분이 지나고 해윤이 고개를 들었다. 눈두덩이는 벌에 쏘이기라도 한 것처럼 통통 부풀었다. 나는 눈물로 축축해진 해윤의 손을 잡았다. 입 밖으로 꺼내는 모든 말이 허공에서 분해될 것 같아서, 하고 싶은 말을 혀끝 대신 눈에 담아 잔뜩 벌게진 동생에게 실어 보냈다. 그렇게 또 한참을 말 없이 바라봤다.

"언니." 해윤이 말했다. "나는 그날 죽어 버린 것 같아."

해윤은 웃고 있었다. 그 웃음엔 일말의 상실감이나 적대감도 담겨 있지 않았다. 아니, 아무것도 담겨 있지 않았다. 거기에 녹아 있는 거라고는 오직 무無, 그뿐이었다. 실재하는 모든 절망이 내 숨구멍을 타고 들어오는 걸 느꼈다. 그리고 알 수 있었다. 동생의 영혼은 이미 오래전 회복 불능의 상태로 망가져 버렸다는 것을. 조각을 이어 붙일 수도 없을 정도로 잘게 바스러져 버렸다는 것을. 그럼에도 손 쓸 도리 없이 지독하고 잔인한 고름이 여전히 찐득찐득 흘러나와 그 애를 하염없이 좀먹고 있다는 것을 말이다.

그때 나를 재앙처럼 집어삼킨 건 공포도 분노

도 죄책감도 아니었다. 그것은 도저히 인간의 힘으로 어쩔 수 없는 거대한 굴레를 마주했을 때 느끼는 좌절감이었다. 그리고 내가 이 잔혹한 겨울 한복판에 무력하게 서 있을 때를 기다렸다는 듯이 영하의 칼바람은 사정없이 내 목을 내리치고 있었다. 겨울은 이 순간부터 더 이상 동생만의 것이 아니었다.

죽음처럼 긴 꿈속을 헤매고 있던 것만 같다. 아주 오래 잠들어 있다가 깨어난 듯 숨 쉬는 것조차 어딘지 어색했다. 숨을 쉰다는 게 이토록 낯선 일이었나. 사실 내가 숨이란 걸 쉬고 있기는 한 건지, 애초에 깨어난 거긴 한 건지, 이 또한 몽환의 일부인지 좀체 분간할 수 없다. 난생처음 여행을 떠나는 나그네같이 그저 황망히 배회하고 있다.

보이는 거라고는 어둠 속 황량한 대지뿐이다. 거친 바위와 돌먼지가 지천으로 깔려 있고 군데군데 크고 작은 구덩이가 파였다. 물기 하나 없이 메마른 땅은 마치 달의 표면 같다. 춥다. 내가 놓인 곳에 대해 미처 파악하기도 전에 낯선 한기가 감각 끝을 미세하게 파고들었다. 한기의 뿌리는 곳곳에 자리 잡은 구덩이들이다. 가까이 가지 않아도 본능적으로 알 수 있다. 그곳에서는 아주 깊고 오래된 겨울이 느껴진다. 그리고 그 각각의 겨울들에 무척이나 진한 농도의 슬픔이 담겨 있는 것 같다고 생각한다.

양팔을 문질렀다. 맨살이다. 아래를 내려다보니 아무것도 입고 있지 않다. 나는 날 것의 몸뚱이로 미지의 땅에 그저 홀연히 던져져 있다. 발가벗은 채로 달 한가운데에 착륙한 미약한 살덩어리다. 하지만 어쩐지 이게 맞는 것처럼, 나아가 옳은 것처럼 여겨진다. 나는 원래 이렇게 생겼고 인간은 원래 우주의 일부이며 살덩어리로 이루어져 있다.

영하의 추위 외에는 아무런 소리도 냄새도 존재하지 않는다. 여기가 어디인지, 무엇이고 왜인지 어느 것 하나 또렷하지 않지만 왠지 낯설지도 않다. 오히려 알맞은 장소에 나 스스로 '찾아왔다'는 기분까지 든다. 분명 나는 여기에 필요한 존재다. 그리고 그 필요를 정한 것 역시 나다. 누구도 알려 준 적 없지만 새끼가 어미젖을 찾아내듯 나는 필연적으로 인지하고 있다.

기억하자, 기억해 내자. 나는 누구인가. 왜 이곳에 왔으며 해야 할 일은 무엇인가.

이내 몸을 일으켜 차분히 걸음을 옮겼다. 냉기 서린 뾰족한 돌 조각들이 앞다투어 발바닥을 찔렀다. 거기에는 일말의 악의나 유감도 없다. 뾰족한 돌 조각은 그저 제 모습 그대로 가만히 있었을 뿐, 그걸 밟은 건 나다. 이 추위의 원인을 찾아볼 생각으로 가장 가까이에 있는 구덩이에 다가갔다. 저 안을 들여다봐야겠다. 이 적막에 담겨 있는 겨울들의 정체가 알고 싶다. 지금 내가 할 수 있는 일은 그뿐이다.

발을 뗄수록 겨울도 한층 진해졌다. 나는 구덩이 안에 있을 법한 것을 상상했다. 이 황폐한 땅은 어쩌면 흙으로 뒤덮인 거대한 얼음덩이일 수도 있다. 그래서 지각 아래와 연결된 구멍으로부터 냉기가 끓어오르는 것일 테다. 구덩이에 다다르자 침을 꼴깍 삼키고 안을 들여다봤다. 거기에 놓인 건 침묵하고 있는 위압적인 심연이다. 우주의 모든 칠흑을 긁어다 모은 것 같이 빼곡히 농축된 심연. 생각보다 그리 깊지 않은 바닥에는 희부스름한 빛을 내는 뭔가가 힘겹게 가슴을 들썩이고 있다. 물고기의 일종인 듯하다. 나는 당혹감에 입을 벌리고 그 모습을 바라보며 생명이라고는 존재할 수 없을 것 같은 곳에서 헐떡이는 녀석에게 연민을 느꼈다. 어쩌면 이곳은 처음부터 이리 말라붙고 죽어가는 땅은 아니었을지도 모른다.

크기는 손바닥만 하고 색은 신묘하다. 꼬리를 포함해 지느러미라고는 전혀 달려 있지 않은 매끈한 공 모양이다. 아가미를 지녔고 날개나 다리가 없는 걸로 보아 물고기라고 표현하기는 했으나 난생처음 보는 생물이다. 한눈에도 죽음에 거의 다다른 모습으로, 메마른 아가미는 제 기능을 수행하려 안간힘을 쓰고 있다. 온몸에서 발하는 푸른빛이 머지않아 꺼지고 말 것처럼 엷어져 간다. 거기에서는 이 세계의 것이라고는 하기 어려운 이질적인 흐름이 느껴졌다. 그 흐름은 구슬프고 고독하다.

옆에 있는 다른 구덩이들을 들여다봐도 마찬가지다. 구덩이 크기가 크든 작든 처음 본 것과 같은 크기의 물고기가 꼭 한 마리씩 누워 있다. 본 것 중 절반은 이미 잿빛이 돼 죽어 있었고 나머지 절반도 생과 사의 경계에 놓인 듯 버거워 보인다. 나는 저 생물이 대체 어떻게 물에서 헤엄칠지 궁금했지만 그보다 물, 저들에게는 분명 물이 필요하다. 그러나 이 땅 어디에도 물기란 없다는 사실과 퍼석한 혹한의 대지에 파인 외딴 구덩이 안에서 이것들은 곧 목숨을 잃을 거라는 사실만이 이곳에서 내가 명확히 실감하는 몇 없는 진리였다.

숨을 쉬어 보려, 수분 한 모금이라도 끌어모아 보려 찬 구덩이 바닥에서 애쓰고 있었지만 그들에게 구원의 바다는 있을 리 만무한 것 같다. 나는 더할 나위 없이 무력했고 작은 생명들 또한 무력하게 꺼져가고 있었다. 치명적인 절망감이 들이닥쳤다. 갑자기 휘몰아친 처절한 감정에 그 자리에 그대로 주저앉았다. 그건 마치 공포라는 것의 정의와도 같았고 이 공간 전체에 흐르는 냉기보다 잔인했다. 한없이 차가웠다. 감당하기 벅찬 격정으로 눈물이 쏟아질 것 같았지만 눈에서는 물 한 방울 나오지 않았다. 이곳에서는 어떤 수분도 허락되지 않기라도 하듯이.

그때였다. 문득 저것들은 이 세계에서 아주 중요한 존재다, 저것들이 없으면 이 세계는 무너지고 만다, 하는 생각이 들었다. 그리고 그렇게 되면 진정 무너지고 마는 것은 아마도 나 자신이라는, 나는 나를 잃고 저 심연과 다를 바 없는 무無가 되리라는 생각까지. 그건 너무도 자명해 마치 예감이나 직감의 범주를 벗어난 교리와도 같이 느껴졌다. 여태껏 그 사실을 미처 몰랐다는 게 믿기지 않을 정도였다.

　팔을 뻗어 흙바닥을 손으로 쓸었다. 먼지가 뿔뿔이 공기 중으로 흩날렸다. 사위는 여전히 두꺼운 어둠이 장악하고 있고 구덩이들과 그 안의 겨울들과 또 그 안의 어린 물고기들은 운명에 저항할 기력이 없다. 살아있는 존재를 끝내 살려내는 건 다른 살아있는 존재의 몫이다. 그리고 이번에는 그것이 나를 살리는 길이기도 했다. 나는 이 버려진 행성에 들어선 이유를 알 것 같았다. 아무도 가르쳐 준 적 없지만 볼 수 있었다. 마치 감촉이나 감응처럼 그건 도저히 눈에 보이지 않는 영역이었음에도. 진정 중요한 건 물질로서의 눈으로는 감지할 수 없다는 이치를 내 무의식은 알고 있는 듯했다. 나는 내 무의식이 또 어떤 비밀들을 홀로 간직하고 있을지 궁금했다. 이어 하나씩 그 껍데기를 열어젖혀 안에 든 무엇이라도 마주하고 싶다는 욕망이 치밀었다.

　순간 가슴 속으로 밀려드는 거대하면서도 부드러운 파동이 느껴졌다. 아주 멀고 낯선 이국땅에서부터 서서히 접근하는 듯했다. 익숙한 소리가 들렸다. 이 땅에서 나는 소리는 아니다. 생명이 가라앉고 있는 이 고요하고 쓸쓸한 달에는 아무런 음형도 존재하지 않는다. 그러니 소리의 출처는 내 안이다. 가슴 속에서 고르고 불규칙하게 생성되고 있다. 소리의 주인은 나를 향해 오고 있다. 드디어 자신을 찾아주어 기쁘다는 듯이. 기어코 도래한 탄생에 안도하는 듯이.

두 손을 모아 살며시 구덩이에 가져갔다. 그건 나의 의지일까, 내 안에서 점차 커지고 있는 소리의 의지일까, 이 달의 의지일까. 그저 조금 전 내 가슴 속에 밀려든 소리의 주인이 눈앞의 겨울을 구원할 수 있기를 간절히 바랄 뿐이었다. 구덩이 위에 놓은 손에 점차 온기가 도는 게 느껴졌다. 혈관을 타고 정온한 기운이 빠르게 몸 구석구석 퍼져 나갔다. 이 차디찬 행성에 도저히 어울리지 않는 온도였다. 피가 데워질수록 소리 역시 점점 가까워졌다. 나는 이 소리를 알고 있다.

파도다. 파도가 친다.

내가 마치 바다를 집어삼키기라도 한 것처럼, 아니, 나 자신이 바다 자체가 된 것처럼 파도는 나와 동화돼 숨결에 따라 흩어졌다 들이치기를 반복했다. 느리게, 그러나 멈추지 않고. 물결의 움직임에 집중하기 위해 가만히 눈을 감았다. 하나를 닫음으로써 다른 하나가 열린다. 실체로서의 눈은 감겼지만 오히려 더 명명하게 나는 그 색과 결과 명암을 식별할 수 있다. 그것은 아주 농도 깊은 푸른빛을 지녔다. 또한 별의 중심을 끄집어 낸 것처럼 망막한 흑빛도 담겨 있다. 마치 이 행성의 표면 곳곳에 나 있는 구덩이의 심연과도 비슷하다. 한배에서 태어나 같은 선상에 놓인 자매의 빛깔이다.

파도는 벗어나고 싶어 한다. 그것은 내 생각이면서 동시에 파도의 생각이다. 나는 파도의 몸부림을 실감하며 거칠고도 부드러운 해수의 입자를 손끝 너머 구덩이에 해방시켰다. 이제 내 안에 울리던 파도의 외침은 이 세계로 옮겨졌다. 파도는 새로운 세계를 만나 새로운 바다를 이루리라. 새로운 바다에서 새 생명이 숨 쉬리라. 새로운 생명이 이 지독한 건기를 종결시키리라. 가령 아가미가 메마른 동그란 물고기 같은 것들이.

천천히 눈을 떴다. 심연과 뒤섞인 검푸른 바다에 전에 없던 형형한 푸르름이 더해졌다. 아가미가 달린 원형들의 푸르름은 파르르 떨기도, 제자리에서 잽싸게 돌기도, 물살에 따라 흔들리기도 했다. 그 빛은 표정이랄 게 없기는 해도 어쩐지 즐거워 보였다. 사선에서 생을 얻은 생명으로서의 기쁨을 넘어 먼 옛날 온당했던 제 모습을 되찾은 것처럼 실로 충만하고 온전해 보였다. 어쩌면 이 행성은 처음부터 바다로 빚어졌을지도 모른다. 날카로운 돌 조각들은 사실 물속에 살던 것들일지 모른다. 그곳에서는 얌전히 가라앉아 있어 누군가의 살점을 찌를 일 따위 없었을지 모른다. 확인할 길은 없다. 나는 그저 부평초처럼 부유하는 감촉들에 따라 그렇게 인식하고 있을 뿐이다.

모든 구덩이에 한 줌 한 줌씩 바닷물을 풀어 놓았다. 바다 생물의 갈라진 피부가 수분을 만나자 손바닥만 하고 둥근 생명들이 심연에서 저마다 광체를 발산했다. 떨리고 돌고 흔들리는 푸르름은 하나 같이 즐겁고 온전해 보였다. 어떤 것도 그렇다 말하지는 않았지만 나는 그렇게 생각했다. 철새가 봄을 생각하고 지렁이가 비를 생각하고 파도가 대양을 생각하듯이.

한기가 솟구치던 공동에 한낮처럼 다사로운 바다가 차오르자 조금씩 사방에 감도는 온기가 느꺼졌다. 발가벗은 내 몸도 점차 체온에 다가가며 편안해져갔다. 곳곳에서는 생명을 품은 파도 소리가 자장가처럼 잔잔히 울려 퍼지고 있었다. 마침내 안락에 도달했다. 대지는 여전히 사납고 날카로웠지만 시린 한파는 물러났다. 그건 더 이상 이 세계에서 힘쓰지 못한다.

별안간 거스를 수 없는 잠기운이 몰려왔다. 나는 조심스럽게 바닥에 몸을 대고 누워 몸을 동그랗게 말았다. 마치 구덩이 안에 숨 쉬고 있던 미지의 물고기들처럼. 그건 내가 이 땅에 처음 찾아와 눈 떴을 때의 모습 그대로였다. 곧이어 깊은 잠이 온몸을 휩쓸고 지나갔다. 먼지 하나 일으키지 않을 만큼 고운 잠기운이었다.

달의 인력은 머나먼 지구의 바다를 부풀리기도 잠재우기도 한다. 그 달이 그 바다를 만났다. 그 바다가 그 달에 놓였다, 하고 생각하던 참이었다.

　문지기는 때가 왔음을 직감했다. 어쩐지 오늘이 그토록 오래 기다려 왔던 바로 그 날일 거라고. 어떠한 징조나 지표도 없었지만 그는 지극히 마땅하게 그 사실을 알 수 있었다. 그것이 문지기의 숙명이었으니. 문지기는 모든 문지기가 마지막에 다다르는 순간 자신과 같은 느낌을 받았을지, 이것이 숲이 있는 곳에 바람이 있듯 자연스러운 섭리인 건지 알고 싶었다.

　그럴 필요 따위 없었지만 문지기는 오늘만큼은 보통의 인간들이 하는 일을 해 보고 싶어졌다. 그리하여 짧은 잠을 청하고 —물론 실제로 잠에 들지는 않았다— 종이로 비행기를 접고 —관념일 뿐이지만— 정밀하게 다듬은 콧수염을 따라 콧노래를 흘렸다. 평소보다 더욱 공들여 수염 꼬리를 말았고 안경의 얇은 금테를 닦았다. 그런 사소한 것들이 영원한 안식으로 가기 전 문지기가 하고 싶었던 마지막 일이었고, 오랜 계획이자 꿈이었다.

　레브는 완전무결한 유(有)의 공간이다. 인간의 가

장 순수하고 섬약한 영혼 복판에 자리 잡고서 그 영혼과 함께 실재하고 소멸한다. 모든 관념이 존재하기에 어떤 형태도 고정돼 있지 않다. 그러므로 레브는 동시에 완전무결한 무無이기도 하다. 가장 백에 가까운 백이자 어떤 심연보다도 흑에 가까운 흑이다.

레브와 꿈의 경계를 지키는 파수꾼으로서 문지기는 인간에게 단 한 번 완전한 유有이자 완전한 무無로 이루어진 문을 열어 준다. 대부분의 인간은 이 층위에 발을 들이지도 못한 채 종잇장처럼 덧없는 생을 마치고, 어쩌다 이곳을 찾더라도 끝내 본질을 보지 못해 어디로도 이어지지 못한다. 그러나 이 인간은 긴 방황을 끝내고 오늘 드디어 문지기에게 영원한 안식을 선사하고야 말 것이다. 문지기는 자신의 입가에 순간 소리 없이 호선이 앉았다는 걸 느끼지 못했다. 그러면서 순백과 칠흑이 혼재한 공간에 가만히 앉아 차를 음미했다. 이제 기다리는 일만 남았다. 그녀가 이 공간을 또 어떤 모습으로 바꿔 놓을지 기대감으로 미소가 번졌다. 이번에는 누구라도 눈치챌 수 있을 만큼 뚜렷한 미소였다.

379번째 만남이 될 터였다. 379번째 만남은 그녀의 세계를 움직이고 나아가 문지기의 세계를 움직일 거라는 걸 암시하고 있었다. 이 모든 걸 그는 그저 물이 높은 곳에서 낮은 곳으로 흐르듯 유유히 자각하고 있었다. 인간의 영혼은 하나 같이 우주와 이어져 있고 자신 역시 그 우주의 일부라는 사실을 알면서도, 그녀가 택할 행선지가 참을 수 없이 궁금했다. 인간이 어떤 선택을 하든 우주는 태연히 제 시간을 새기며 살아가지만 자신이 문을 여는 그 처음이자 마지막 행위가 그녀의 영혼에 밤보다는 빛으로 남기를 바랐다. 그녀에게 그만큼의 신의 자비는 주어지기를 바랐다. 그는 마지막 만남을 앞두고 얼마간 긴장한 자신을 발견했다.

"자주 보니 정이라도 든 모양이지요."

문지기는 혼잣말을 하며 웃었다. 어쩐지 마지막 차 맛이 유독 근사했다.

그때 완전한 유有이자 완전한 무無의 공간에 진동이 침범했다. 시작된 것이다. 그녀가, 혹은 그녀의 무의식이 379번째 세계를 창조하기 시작했다. 문지기는 눈을 감았다. 그러고는 존재하지 않는 심장이 요동하는 기분을 느꼈다. 처음 느껴보는 물선 기분이었다.

눈을 떴을 때 문지기는 푸른 장미 정원에 서 있었다. 그녀를 118번째로 만났던 바로 그곳이다. 문지기는 옅은 미소를 지었다. 인간이 레브에 같은 공간을 두 번 만든 적은 그가 알기로는 없었다. 두 번의 공간, 그곳에서의 두 번의 만남. 문지기는 그게 뭘 나타내는지까지는 미처 알지 못했다. 그것은 우주의 섭리를 관장하는 신의 영역이니.

아직 그녀는 도착하지 않은 듯하다. 문지기는 인간이 당도하기 전 잠시 상념에 잠기기로 했다. 오늘은 자신에게도 그녀에게도 특별한 날이 될 테니 말이다. 그는 118번째 만남을 떠올렸다. 흰 분수대에 걸터앉아 나눴던 그날의 대화를 생각했다. 문지기가 푸른 장미 정원을 가장 좋아했던 건 푸른 장미나 정원 때문이 아니라 바로 그때 나눈 그녀와의 대화 때문이었다.

"그 목적지라는 거요. 어디로든 갈 수 있는 건가요? 목성이나 알프스산맥 정상이나 뭐 그런 곳도요?"

상당히 인간다운 질문이다, 라고 문지기는 생각했다. 그리고 인간이 알아들을 수 있게 설명하기 위해 잠시 숨을 골랐다.

"레브에서 선택하셔야 할 목적지는 당신의 세계에서 통용되는 개념과는 완전히 다릅니다. 당신의 무의식이 이곳을 만들었듯 이곳에서 당신이 당도할 수 있는 곳 역시 다른 이의 무의식뿐이랍니다. 영혼이랄지, 말하자면 인간의 '핵'이지요."

문지기는 미소를 머금고 설명했다. 그녀는 아직 자신의 표정을 읽을 줄 모르는 듯했지만 미소는 미소였다.

"그런 데를 가서 대체 뭘 하라는 거죠?" 인간은 황당하다는 표정으로 말했다.

"글쎄요, 그건 당신이 찾아야 할 답이죠. 제 소임은 문을 열어드리는 게 다니까요. 다만," 문지기는 정성 들여 구부린 수염을 만지작거리며 말했다. "제가 매번 '어디로'가 아니라 '어디까지' 가실지를 여쭙는 이유는 생각해 보시는 게 좋을 듯합니다."

"한 번 가면 돌아오지 못한다는 얘기인가요?"

"아, 118번째에 이르러서야 우리가 이런 대화를 나누게 되는군요. 비슷하지만 약간은 다릅니다. 당신이 다른 이의 '핵'에 발을 들일 때 그 영혼을 온전히 관망하기만 한다면 당신의 영혼 역시 온전할 것입니다. 하지만 타인의 영혼을 건드리면 얘기가 달라지지요."

문지기는 흥분을 자제하며 말을 이었다.

"신은 질서의 유지에 있어 엄격한 존재입니다. 그 외 다른 것에는 별반 관심이 없어요. 인간의 영혼이란 참으로 강인한 동시에 갓 태어난 바다거북처럼 연약하기 짝이 없습니다. 우주가 담긴 그릇치고는 말입니다. 우주는 필연적으로 무질서를 향해 가고, 그래서 한 영혼이 다른 영혼을 파괴하는 데는 그리 큰 노력이 필요하지 않지만 반대라면 상황은 달라진답니다. 아주 중요한 걸 온전히 걸어야만 할 정도로요."

"잘 이해가 안 가는데요. 그게 제 질문과 무슨 상관인가요."

인간은 난처한 표정을 지었다.

"다른 인간의 영혼에 생긴 결락을 메꾸기 위해서는 자신의 영혼을 걸어야 한다는 말입니다. 즉 마이너스나 제로 상태였던 것이 조금이라도 플러스로 뻗어가는 순간 당신은 영원히 그 세계에 갇히게 된다는 뜻이지요. 하나를 닫으면 다른 하나가 열리고, 다른 하나가 열리면 또 다른 하나가 닫히는 건 우주가 사수하는 불변의 법칙이니까요.”

문지기는 당황할 인간의 반응을 예상하며 입꼬리를 길게 늘였다.

“그러니까 일종의 희생 같은 거군요.”

얼마간 침묵에 빠져 있던 인간이 입을 열었다. 인간은 생각보다 차분히 문지기의 말을 이해한 듯 보였고, 혼잣말처럼 가만히 문장을 곱씹는 모습에서 문지기는 한순간 그녀가 그녀의 몸집보다 훨씬 큰 것처럼 느껴졌다. 그건 무척이나 생경한 감촉이어서 문지기는 오래도록 그 장면을 머릿속에 새겨두었다.

“망가진 영혼을 회복시킨다는 건 그 정도의 각오가 필요한 일이지요. 신에게 영혼은 우주의 질서와 직결되는 숭엄한 영역이니까요.”

회상에 잠겨 있던 그때, 문지기는 그녀가 흰 분수대 쪽으로 걸어가는 걸 보았다. 짤막한 과거의 기억은 푸른 장미 사이로 산화했다. 문지기도 인간을 향해 걸음을 옮겼다. 그의 가슴 속에 물질로서의 심장은 들어있지 않았지만 왠지 그 언저리가 두근거리는 듯했다. 겪어본 적 없는 이질적인

감각에 문지기는 언젠가 미완의 존재인 인간으로
도 살아보는 것도 나쁘지 않겠다고 생각했다. 한
평생 본질 같은 것은 읽지 못할지라도.

  얼마쯤 시간이 흘렀을까. 행선지를 정한 그녀
를 위해 문을 열고 그 문을 닫은 걸 끝으로 완전
한 안식에 이를 거라 기대하던 문지기는 갑자기
밀려든 낯설고 날 선 기운에 퍼뜩 정신을 차렸다.
완전한 유有이자 완전한 무無가 뒤섞인 여정의 막
바지에 거의 다다랐던 문지기는 다시 푸른 장미
정원에 서 있었다. 문지기는 혼란스러웠다. 그가
아는 한에서 이런 적은 없었다. 자신은 분명 우주
의 소임을 완수했으니.

  당혹감을 누르고 문지기는 생각했다. 자신이
존재한다는 건 아직 문지기로서 끝내지 못한 일
이 남아 있다는 뜻이었다. 그러나 그게 뭔지 도저
히 알 수가 없었다. 그녀는 기어코 자신이 택한
목적지에 이르러 그곳을 메우고 말 테고, 대가로
자신의 영혼은 영영 발이 묶여 그 안에서 맴돌 터
였다. 그것이 그녀가 할 인간다운 선택임이 틀림
없었다. 문지기는 그저 그녀의 영혼이 바라는 일

을 행하기만을 바랐을 뿐, 그 선택에 어떠한 안타까움이나 아쉬움도 느끼지는 않았다.

문지기는 그때 미처 해석하지 못한 상징을 떠올렸다. 두 번의 공간과 두 번의 만남, 그것은 두 번의 기회를 뜻하는 것이었으리라. 이유는 알지 못했지만 이 인간을 위해 자신은 한 번 더 문을 열어야겠구나, 하고 예감하며 문지기는 낮은 탄식을 내뱉었다. 마치 인간처럼 유난히도 알록달록한 탄식이었다. 문지기는 이미 한 번 닫혔던 문을 떨리는 손으로 신중하게 열었다. 영원과 소멸이 뒤엉킨 완전한 유有이자 완전한 무無로 이루어진 문을.

문 밖으로 그녀가 모습을 드러냈다. 신이 한 번의 기회를 더 준 작은 인간은 발가벗은 몸을 아기새처럼 웅크리고 곤히 잠들어 있었다. 이것이 인간의 의지인지, 문지기의 의지인지, 신의 의지인지 알 수 없었다. 이 역시 우주의 섭리를 관장하는 신의 영역이었기에.

"아, 확실히 정이라도 든 모양이지요."

문지기는 눈앞의 인간을 보며 두 번 뜬 보름달처럼 환히 웃었다.

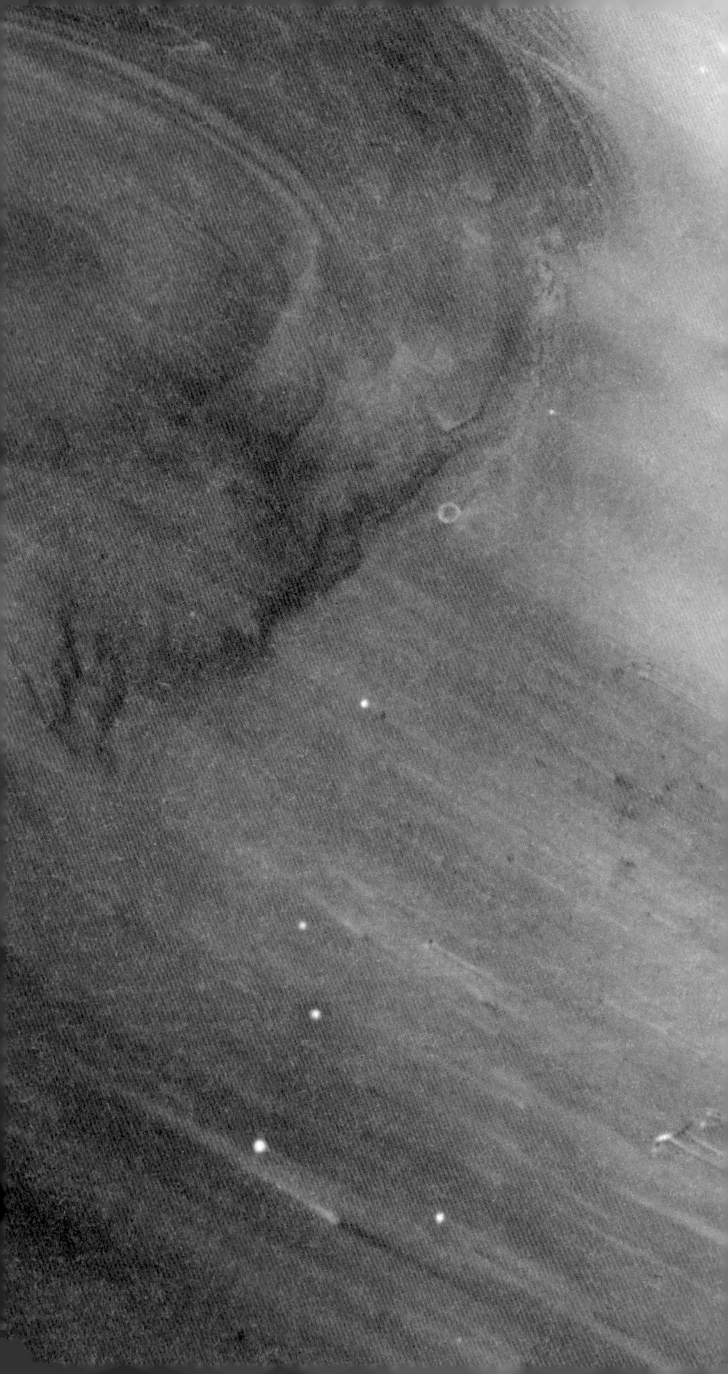

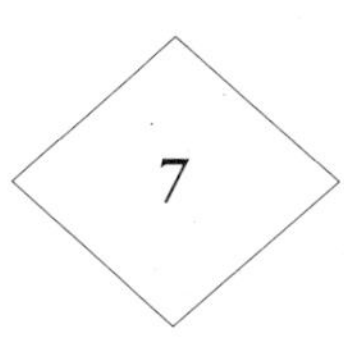

7

해석 불가능한 온도를 숙명처럼 감당하며 살아온 나는 늘 바다로 가고 싶다고 생각했다. 그 안에 속해 버리고 싶다고. 이름도 온도도 갖고 있지 않을 물고기 떼 사이에 섞여 그렇게 남들과 같은 물살의 온도를 느끼며 살고 싶다고. 그리고 나는 바로 그때가 도래했음을 직감했다.

나는 한 마리 작은 바다 생물로 변모해 있었다. 코가 아닌 아가미로 호흡하고 팔다리 대신 지느러미로 움직였다. 내 눈으로 확인한 건 아니지만 그건 당연했다. 주위에는 동그란 모양의 이채로운 물고기들이 내가 겪은 수십 년의 세월은 금방

153

이라도 허물 만큼 유유히 물의 장막을 넘나들고 있었다. 깊고 차갑고 고독하고 목이 메는, 그리하여 장대하고 경이로운 태고의 신비를 간직한 시간의 영역을, 그 작은 것들은 그리도 쉽게 공유하고 있었다.

아직 인간의 몸이 더 익숙한 나로서는 몇 미터만 더 내려가면 폐가 쪼그라들 것 같은 두려움을 떠올리고 있었지만 매초마다 그것들은 제 세상을 제 세상처럼 오롯이 장악하고 있었다. 온갖 움직임과 생물들이 넘쳐남에도 이리도 적요하다니. 순간 광막하고도 짙푸른 이 바다의 일부에 내 몸 역시 속해있다는 사실에 여린 감동이 밀려왔다.

마치 물의 입자가 가만히 내 몸뚱이를 붙잡고 있는 것처럼 느껴졌다. 나는 그저 새로 태어난 미숙하고 사사한 존재 같았다. 어느 방향을 보아도 종점이라고는 없고, 위쪽으로 끝이 보이지 않아 내가 얼마나 깊이 잠겨있는지도 알 수 없다. 헤엄을 친다는 감각은 느껴지지 않아도 나는 그렇게 믿으며 앞으로 조금씩 나아갔다. 컴컴한 바닷속에서 유일하게 아른거리는 희미한 빛의 형상이 보였기 때문이다. 아마도 달빛일 테다. 빛줄기는 바다 표면을 통해 끝 모를 바다의 핵까지 스며들어 수십 개의 창살처럼 꽂히고 있다.

빛줄기에 가까이 다가간 나는 물결에 오로라처럼 한들거리는 빛의 파동을 한참이나 망연히 바라보았다. 밤바다에 내린 월광이 내뿜는 신비로운 온도에 넋을 놓고 시선을 보내고 있었다. 나는 그것이 내 의지에서 비롯된 것이라고 여겼지만 실은 반대로 그것이 나를 이끈 건 아닐까, 하고 생각했다. 시간의 흐름을 인지하지 못하고 멍하니 침윤해 있던 그때, 월광이 말했다. 틀림없이 그랬다.

"아이야, 이곳이 마음에 드니?"

"누구세요?" 내가 물었다. 조금씩 몸을 틀며 흩날리는 달의 빛줄기를 향해.

"원한다면 영원히 머물러도 좋아. 너에게 그 정도 선택지는 줄 수 있지."

나는 언어도 음성도 아닌 것으로 이야기하는 월광을 빤히 쳐다봤다. 전혀 다른 시대와 다른 영토의 해석할 수 없는 기호처럼 내 안으로 흘러드는 메시지를 얼마간 가만히 되새겼다. 그것은 내 얇은 피부를 향해 흡수되고 있었고 내 몸은 온전히 그 흐름을 받아들이는 듯했다.

"분명 이곳이 좋지만," 나는 잠시 인상을 찡그리며 말을 멈췄다. "원래 있던 곳이 고통스럽기는 했지만……."

"고통스럽다." 농후한 웃음기를 머금고 월광이 말했다. "그렇다면 실로 의미 있는 생이었구나."

"거기에 무슨 의미가 있죠?"

"너희가 너희 자신이었다는 뜻이니까."

"물론 사람은 다들 저마다 고통을 안고 있겠죠. 그래도 그게 버거운 건 사실이에요."

나는 여유로운 데다가 자못 흥미롭기까지 하다는 월광의 태도에 화가 났다.

"이런처런 방법을 써 봤지만 너희는 결국 고통 안에서만 비로소 자신을 마주하고 나아가 그 파장으로 서로를 알아보더구나. 그렇게 닿고, 이어지고, 어딘가로 나아가지. 고통은 너희를 무너뜨리는 것처럼 보이나 실은 가장 깊은 곳에서 붙들어 주는 것이란다. 너희는 너무 쉽게 부풀고 가볍게 부유해서 그만한 무게가 꼭 필요했거든. 무게를 지니지 못한 영혼은 어떤 해안에도 발자국 하나 남기지 못하는 법이니까." 해수에 섞인 달빛이 미소짓듯 하늘거렸다. "아이야, 고통은 그러니 나의 선물이야. 이 세계를 지나쳤다는 가장 선명한 증거이자 표식이지. 그걸 모른 채 살아가는 건 너희의 몫이고, 숨죽여 바라보는 건 나의 몫이란다."

"하지만 저는 한 번도 원한 적 없고 감당하기도 어려운 저주까지 받았어요. 왜 제게는 그런 것까지 부여한 거죠?"

월광은 한동안 아무 말이 없었다. 눈앞에는 가만히 일렁이는 빛만이 존재했다. 그러나 그것은 침묵이 아니라 나직한 응시였다. 눈동자와, 여느 살아있는 것이 쏘아내는 시선이란 것이 보이지 않아도 월광이 내 모든 영역을 조금도 남김없이 꿰뚫어 보고 있다는 걸 체감할 수 있었다.

"약하고 작은 아이야. 내 세계 어디에도 온기를 가진 저주는 없단다."

월광이 말했다. 거기에 자애로운 미소가 섞여 있다고 나는 생각했다. 꼭 인간의 체온 정도의.

"그래요. 이제껏 제가 겪었던 모든 고통이 오직 그 애를 구원하기 위한 거였다면 사실 그것만으로도 충분해요. 지금까지는 저주였다고 해도 그

⋯⋯

157

구원에 온기가 있었으니 이제 아무래도 상관없을 것 같아요."

"구원?"

"제 불가해한 능력의 목적이 그거 아니었나요? 제가 느낄 수 있는 온도라는 것 말이에요." 나는 물었다. 월광의 단단한 물음표에 의구심이 들었다.

"네가 그 아이를 구원했다고 생각하니?"

"물론이죠. 저는 행선지를 선택했잖아요. 동생의 영혼을 들여다봤고 망가진 부분들을 하나씩 고쳐 나갔는데⋯⋯." 나는 떨리는 목소리를 실감하며 말했다. "저에게 소중한 사람의 죽음을 계기로, 제 동생의 영혼이 아주 오래전부터 심하게 손상돼 있었다는 걸 깨닫고 그 애를 구해야겠다고 생각했는걸요."

"너를 비롯해 내가 만든 아이들은 하나 같이 연약하고 무디지. 그래야 진정 근사하고 아름다운 변수들이 탄생하거든. 내 예상을 벗어난. 모쪼록 그러니 너희 중 누구도 온전히 타인을 구원할 수 없단다. 너희는 필연적으로 그렇게 설계되었어." 월광이 말했다.

"제가 동생을 구원한 게 아닌가요? 제 동생은

여전히 손상돼 있나요?"

내 목소리에는 바닷물의 소금기를 덮고도 남을 만큼 쓴 울음이 담겨 있었다. 온몸에 파들파들 덮쳐오는 진동은 내 안에서 비롯된 것인가 아니면 이 바다의 물살 탓인가.

"자그마한 아이야, 그 아이에게 네가 필요했듯 너에게도 그 아이가 필요하지 않았니. 그리고 너에게 그 아이가 필요했듯 그 아이도 네가 필요했단다. 나는 분명 너희 중 누구도 온전히 타인을 구원할 수 없다고 했지. 네가 그 선택을 하지 않았더라면 결국 너의 영혼 역시 조각나 버리고 말았을 거란다. 그 아이의 손상된 영혼은 끝내 그 아이를 소멸로 이끌었을 테니. 그러니 너희는 서로를 구원한 셈이지. 네가 그 아이를, 그리고 그 아이가 너를."

그제서야 월광의 말에 안도했다. 나는 어찌 되든 괜찮았다. 해윤은 이제 온전하다는 사실만이 유의미한 안식이었다. 그 그윽한 감각에 눈을 감았다. 눈꺼풀 안쪽까지 스며드는 달빛이 촉촉하게 감겨왔다. 차분하고 청아한 온도였다. 고통이 아닌 고요였고, 고독이 아닌 무중의 감각이었다.

그 속에서 문득 궁금증이 일었다.

"기묘한 공간에서 기묘한 남자를 만났었어요. 자신이 문지기라고 했죠. 그도 당신이 창조한 건가요?"

"아, 물론. 내가 아주 아끼는 아이지." 월광이 문지기가 지녔던 특유의 '아' 말투를 흉내 내며 말했다. "그러나 내가 한 건 존재의 창조, 딱 거기까지였어. 그 공간과 세계도, 문지기와의 만남과 대화도 전부 네가 탄생시켰지. 말했잖니? 너희만이 내 예상 밖의 '진정 근사하고 아름다운 변수'를 만들어 낸다고. 변수는 계산하거나 계획할 수 없어. 너는 그중에서도 특히 유연하고 결연한 무의식을 지녔고 네가 만든 변수 역시 내게 크나큰 즐거움을 안겨줬단다."

"그럼 혹시 지금 이것도 꿈인가요? 깨고 나면 전부 사라지겠죠? 당신과의 대화나 문지기와의 대화도 전부 잊어버리게 되나요?"

나는 어슴푸레한 달빛 물결을 향해 물었다. 변수니 즐거움이니 해도 혼란의 소용돌이 한가운데 놓여있던 나로서는 월광의 말이 야속할 법도 했지만, 이상하게 그런 기분은 들지 않았다. 바다의 드넓은 심연이 나를 초연하게 만들고 있는 모양이었다.

"진정 아름다운 것은 사라지지 않는단다. 의식의 기억에 새겨지는 게 아니라 영혼의 흔적으로 남겨지는 거야. 너의 어딘가에 남아 언젠가 또 다른 모습으로 널 지키겠지. 네가 그것들을 지켰듯이. 육체의 눈에 비치는 것 너머의 본질을 볼 수 있다는 건 그런 의미란다. '본다'는 건 눈을 떠야만 가능한 일이고."

"문지기도 비슷한 말을 했지만 저에겐 너무 어려워요. 그러고 보니 문지기는 저에게 어디든 한 번만 갈 수 있다고 했어요. 그건 다시는 돌아갈 수 없다는 의미일 테죠." 아리송한 월광의 말에 나는 중얼거렸다.

"맞아. 그건 내가 정한 소소한 규칙이었지. 그러나 너는 내게 특별히 근사한 장면을 보여줬으니 한 번의 기회를 더 주기로 했단다. 나는 상당히 멋대로랄까, 자주 변덕을 부리거든." 달빛이 빛을 더하며 말했다.

"근사한 장면이요?"

"주위를 둘러보렴. 네가 창조한 이 바다를. 아,

정말 예상 밖이었어. 이 정도일 줄이야. 네가 내게 어떤 영감을 가져다줄지 기대하기는 했지만 이건 정말이지 너무나 즐겁구나."

월광의 말에 화들짝 놀란 나는 사위를 살폈다. 이곳에 오기 전 내가 당도했던 황량하고 거친 땅, 그 구덩이들에 놓여 있던 말라비틀어진 동그란 물고기들을 떠올렸다. 생동감을 획득한 그것들은 분명 그때와 같은 외양이었는데 왜 한눈에 알아보지 못했을까. 그보다 내가 조금씩 흘려보낸 파도가 이토록 몸집을 불렸단 말인가.

"이게 제가 만든 바다라고요? 저는 그저 구덩이에 조금씩 물을 채웠을 뿐인데."

"변수." 달빛이 웃으며 엷은 물살을 일으켰다. 그 물살이 내 몸을 살짝 떠밀었다. "역시 너는 내가 무척 아끼는 아이란다."

"그럼 제게 한 번의 기회를 더 준다는 건 무슨 의미예요?"

"아까 물었듯이 네가 처음 행선지로 정했던 이곳에 영원히 일부로서 존재할 수도 있고, 이곳의 것들을 기억에서 잊은 채 의식의 세계로 회귀하는 방법도 있지. 이제 선택의 시간이구나. 가장

긴 밤에도 끝은 오기 마련이니까."

월광의 말에 당연히 후자를 택하겠다고 말하려다가 망설였다. 이곳에는 고통이 없다. 사신처럼 따라다니던 타인의 온도 따위도 없다. 여기는 내가 만든 공간이고 나는 한없는 평화를 누릴 수도 있을 터였다. 내가 원하는 것들만 오롯이 존재할 수 있고 원치 않는 것들은 철저히 배제할 수 있다. 고민 끝에 천천히 입을 열었다. 그리 길지는 않은 고민이었다.

"이제 제가 느끼는 온도의 이유도 알았으니 전처럼 괴롭지는 않겠죠. 그리고 혹시 모르잖아요. 제 미약한 온기로 누군가의 망가진 영혼을 조금이나마 어루만져 줄 수 있을지도요. 진작 이 모든 걸 알았다면 좋았을 테지만……." 나는 순간 이균의 얼굴을 떠올리며 울컥 차오르는 감정을 억눌렀다. "돌아가겠어요. 온도가 있는 세계로."

말이 끝남과 동시에 바닷물의 밀도가 조금씩 변하는 게 느껴졌다. 해수의 심연이 보다 녹진해지는 듯했다. 포용적이고도 위엄 있는 달빛은 점점 더 짙어졌고, 마치 팔을 뻗어 나를 위로 끌어올리는 것 같았다. 그 어떤 이름이 지닌 것보다 따뜻한 무게감이 온몸을 감싸안았다. 거기에 몸을 맡기자 더할 나위 없이 깊은 안락이 느껴졌다.

"당신도 이름이 있나요? 당신의 이름을 알고 싶어요."

시야가 흐릿해지는 마지막 순간 다급히 고개를 돌리고 물었다. 월광의 이름을 듣고 그의 온도를 알고 싶었다. 그것은 어떤 온도를 지녔을까.

"월광. 그 정도로 해두자꾸나, 귀여운 아이야. 네가 지어준 이름이 꽤 마음에 들거든."

월광이 웃으며 말했다. 내가 입 밖으로 월광이라는 말을 꺼낸 적이 있던가, 의아해하던 중 얼마 안 가 넘실대는 어둠이 소리 한 자락 내지 않고 무겁게 덮여왔다.

아득히 먼 곳에서 울려오는 엷은 파도 소리에 슬며시 눈을 떴다. 파도? 눈꺼풀 사이로 현실의 빛이 따갑게 쏟아져 들어왔다. 천장에서 내려오는 인공적인 조명이었다. 머리를 돌려 창밖을 봤다. 먹먹한 암운 아래 장창 같은 비가 퍼붓고 있었다. 파도를 닮은 빗소리였다. 나는 크게 한숨을 뱉고 눈을 끔벅거렸다. 몸도 마음도 혼곤했다. 아

주 오랫동안 잠에 들어 있던 것처럼 느른한 기분
에 침대에서 일어나 앉는 것만 해도 상당히 힘을
들여야 했다.

"해수야!"

익숙한 목소리가 꽂혔다.

"엄마?"

나는 고개를 돌려 가라앉은 목소리로 말했다.
입안은 바짝 말라 있었고 혀끝은 쇠구슬이라도
달린 것처럼 둔탁했다. 오랜 시간 말을 잊었던 듯
혀가 제대로 움직이지 않았다. 언어를 굴리는 순
간, 깜짝 놀라 주위를 돌아봤다. 병원이었다.

엄마는 눈물 고인 시선과 함께 손을 떨며 내 몸
여기저기를 붙잡았다. 그래야만 안심이 될 것처
럼. 엄마의 입을 통해 들은 건 마치 내 기억에는
없는 어릴 적 이야기처럼 감쪽같이 증발한 장면
들이었다. 나는 분명 두 시간 거리를 달려 해윤을
만나러 갔었다. 그리고 끝내 자초지종을 말하기
힘들어했던 동생과의 대화를 일단 다음으로 기약
하고, 천근 같은 마음을 끌며 내 자취방으로 돌아
갔었다. 집에 도착한 건 밤중이었고, 이내 쓰러지
듯 잠에 들었다. 그리고, 그리고……

이균의 죽음 이후로 도통 연락도 없이 틀어박혀 있던 내게 엄마가 수차례 전화를 했더랬다. 동생과 만난 뒤 집에 갔다고 하는데 한참이 지나도록 답이 오지 않자 덜컥 심장이 내려앉아 달려왔단다. 처음에는 세상모르고 잠든 줄 알았지만 갈수록 낌새가 이상했는데 그 상태가 오늘로 무려 닷새 째였던 것이다. 부리나케 온 병원에서도 이상이랄 건 조금도 없다는 설명이었다고. 그러니까 나는 그저 잠들어 있던 것이다. 아주 오래, 무척 깊이.

"회사에는 전화해놨어. 병가를 더 써야 할 것 같다고. 쓰러져서 도저히 기운을 못 차린다고. 이균이 일로 몸도 마음도 많이 무리가 있었던 거지. 혼자 두는 게 아니었는데……. 얼마나 힘들었으면 그래."

어깨를 바들거리는 엄마는 침대맡에 앉아 연신 내 손을 주무르며 말했다. 나는 대체 어떻게 그렇게 오래 잠들어 있을 수 있었는지 이해가 가지 않았지만 흠 하나 없이 말짱하다며 엄마를 껴안았다. 편안한 체온. 적당한 온기. 인간에게 가장 알맞은 포근한 온도. 그 온도를 느끼면서 나도 모르게 낮게 중얼거렸다.

"물고기."

"응?" 엄마가 눈물로 번들번들한 눈을 비비며 날 들여다봤다.

"그냥 갑자기 생각났어. 뭔가 그런 꿈을 꿨던 것 같기도 하고."

"며칠을 기절해 있었는데 꿈을 꿨어도 엄청 꿨겠지. 퇴원하고 집 가면 당분간 실컷 쉬어. 잘 먹고 푹 쉬면 괜찮아질 거야. 이번에는 엄마도 같이 있을 테니까."

꿈이라. 그 짧은 글자에서 유형무형한 인력이 느껴졌다. 마치 위에서 내려다보면 그저 한 글자에 불과하지만 옆에서 보면 까마득한 깊이를 지니고 있을 것만 같았다. 그 구덩이 안에는 뭐가 들어 있을까. 파도처럼 세차게 물보라를 일으키고 있는 창밖의 비를 보며 어쩐지 꼭 바다 같네, 하고 생각했다. 어쩌면 그래서 내 무의식이 물고기를 연상시켰는지도.

엄마가 퇴원 수속을 밟으러 나간 사이 나는 해윤을 생각했다. 매듭짓지 못한 동생과의 대화가 당혹스러운 내 긴 잠보다도 더 마음을 어지럽히고 있었다. 조용히 등을 기대고 침대에 앉아 있다가 눈을 감았다. 호흡을 가다듬고 소란한 머릿속을 조금씩 고르게 정리해 나갔다. 일정한 리듬이라도 지닌 듯한 빗소리에 점차 잡념이 사그라들었다. 근사한 연주다. 마치 오래전 갔던 어떤 프렌치 레스토랑의 블루스처럼. 그 기억에 절로 입가에 푸근한 기울기가 놓였다.

얼마나 지났을까. 멀찍이서 종종거리는 발걸음이 다가오더니 이내 병실 문이 벌컥 열렸다. 눈을 뜨고 기척을 향해 얼굴을 돌렸다.

"언니."

해윤은 말을 잇지 못했다. 눈빛은 낙엽처럼 마구 흔들렸다. 그 잎은 떨어질 듯 떨어지지 않고 꾹 다문 입술 끝에 걸려 덜덜 떨고 있었다. 내 방에 옷가지를 가지러 갔다가 깨어났다는 소식을 듣고 부랴부랴 달려온 모양이었다. 동생도 회사에 연차를 내고 엄마와 같이 내내 병원을 지켰다고. 자기를 만난 뒤로 상심이 너무 커서 쓰러진 줄만 알고, 해윤은 내 옆에서 이제껏 한 번도 보지 못한 표정으로 하염없이 울음을 토했다. 그러나 나는 아무 말도 할 수 없었다. 동생의 온도, 동생이 품고 있던 영문 모를 긴 혹한이 더는 느껴지지 않았기 때문이다. 그것은 온기까지는 아니어도 분명 더는 겨울이라고 할 수 없는 정도의 것이었다. 마치 이제 막 움튼 봄기운처럼.

"너, 왜, 어떻게 갑자기⋯⋯." 해윤이 내 질문의 의도를 알아차릴 수 있을 리 없지만 나는 더듬거리며 말했다.

"나 언니가 정말 어떻게 되는 줄만 알았어. 어제 병원 침대에서 자는데 너무 이상한 꿈을 꿔서, 정말 무서워서⋯⋯."

"꿈?"

"엄청 생생한 꿈이었어. 그런 꿈은 난생처음이었어. 아주 넓은 정원이었는데 파란 장미가 여기저기 가득했어. 근데 저 멀리 언니가 서 있는 게 보이는 거야. 언니를 부르면서 달려가는데 발이 앞으로 나아가지를 않았어. 언니는 점점 더 멀어지고. 그러더니 언니가 정원 한가운데 있는 어떤 열린 문 안으로 들어가 버렸어. 언니가 다시는 돌아오지 않을 것 같은 예감이 들어서 내가 막 소리를 질렀지. 문이 닫힌 뒤에야 발이 제대로 움직이기 시작했고 그렇게 한참 동안 언니가 가 버린 문을 두드렸어. 발로 차기도 하고 잡아 흔들고 몸을 부딪쳐가면서 그걸 열려고 애썼어. 그러다가, 그러다가 깬 거야. 깨고 나서 언니가 정말 영영 떠나버리는 건 아닌가, 잠든 언니를 막 흔들었지만 눈 뜰 생각을 안 하더라. 나 너무 무서웠단 말이야.”

해윤의 꿈 이야기에 가라앉아 있던 오래 전의 기억이 무심코 떠올랐다. 아주 어릴 적 가족과 어느 낯선 고장으로 나들이를 갔다가, 정신없이 뛰어다니던 나와 해윤은 어느 틈엔가 길을 잃었다. 가물가물한 장면이지만 붉은 장미가 만발한 정원이었다. 부모님이 보이지 않는다는 두려움도 잊은 채 우리는 어린 앨리스가 되어 그 사이를 마구 누비고 다녔다. 그때 해윤은 말했다. 언니 이름은 바다라는 뜻이니까 여기 장미꽃이 다 파란색이면 더 근사할 텐데, 하고. 그 말에 문득 상상한 푸른 장미의 정원은 어쩌면 내가 처음 창조한 나의 이상한 나라, 우리 둘만의 비밀의 화원이었을 테다.

“잠깐만. 그보다 나 잠들어 있던 사이에 너 무슨 일 있었어? 도대체 어떻게…….”

꿈 얘기는 차치하고 지금 내게 중요한 건 해윤의 변화였다. 동생이 지닌 온도의 변화.

• • • •

"언니 때문에 30년은 늙은 게 일이지. 근데 언니, 지금 이런 말 할 분위기 아닌 거 아는데, 나 그 꿈에서 깨고 처음 한 생각이 뭔 줄 알아? 언니한테 다 말할 걸, 진작 털어놓을 걸, 언니 일어나면 못했던 얘기 다 해야지, 이거였어."

그 말에 순간 만유인력 같은 안도가 밀려들었다. 나는 울컥 치미는 뜨거운 감정에 피 맛이 날 정도로 세게 입술을 깨물고는 동생의 파리한 어깨를 말없이 끌어안았다. 우리는 그렇게 가만히 서로의 구원을 받아들이고 있었다. 동생의 누그러진 겨울이 아까보다도 더 봄 곁에 가까워진 것처럼 느껴지자 소금기 섞인 액체가 볼을 타고 흘러내렸다. 거기에 담긴 온도가 꼭 동생이 새로 얻은 계절의 것과 비슷해, 나는 온기 어린 옛 기억을 다시금 떠올렸다. 짙푸른 장미가 파도처럼 넘실거리던 어느 황홀하고도 이상한 우리만의 정원을.

어떤 이의 이름을 되뇔 때 유독 온기를 느낀 적이 있습니다. 겉으로 보기에는 그와 영 어울리지 않는 온도처럼 여겨졌음에도요.

이름이란 무엇일까요. 이름이 이르게 하는 건 어떤 곳일까요. 우리는 마침내 그곳에 이를 수 있을까요.

이름은 한 영혼에게 주어지는 최초의 전기이자, 육신의 어느 것도 남아 있지 않을 때조차 묵묵히 자리를 지키는 최후의 흔적이라는 생각입니다. 그러니 이름이란 것을 지그시 따라가다 보면 어딘가에 이르게 될지도 모릅니다. 어딘가 본질에 근접한 의미를 지닌, 자신의 아주 중요한 지점에. 그곳이 퍽 모호하고, 몽롱하고, 기묘한 영역일지라도 말입니다.

쏟아지는 이름들 틈에서 저와 이 책의 이름을 발견해 주셔서 감사합니다. 독자 여러분의 이름을 하나하나 전부 불러드릴 수 있다면 얼마나 좋을까요. 제 이름이 저의 무엇을 담고 있을지와 마찬가지로, 제가 이름 붙인 이 책이 남모르게 지니고 있을 것 또한 무척 궁금한 마음입니다.

　여러분의 이름처럼 찬란한 지점에 끝내 이르시기를 바라며.
　고맙습니다.

Geuneul
중편선 002

이름들의 바다

초판인쇄 2025년 12월 30일
초판발행 2025년 12월 30일

지은이 윤신우
발행인 채종준

출판총괄 박능원
책임편집 양수정
디자인 박능원
마케팅 문선영
전자책 정담자리
국제업무 채보라

브랜드 그늘
주소 경기도 파주시 회동길 230 문발동
문의 ksibook1@kstudy.com

발행처 한국학술정보(주)
출판신고 2003년 9월 25일 제406-2003-000012호
인쇄 북토리

ISBN 979-11-7457-316-2 03810

그늘은 한국학술정보(주)의 소설 출판 전문브랜드입니다.
더운 여름날 그늘 밑에서 편하게 읽을 수 있는 책이라는 의미를 담았습니다.
세상에 없던 스토리를 발굴하고, 우리가 닿지 못한 세계의 그림자를 찾아봅니다.
스토리 속 일상의 즐거움을 발견할 수 있도록 이야기의 쉼터가 되겠습니다.

@geuneul_book